AF498765

Jakob Wassermann

Die Schwestern

e-artnow 2018

Eugenie Marlitt, Wilhelmine Heimburg
Das Eulenhaus (Liebesroman)

Eugenie Marlitt
Die zweite Frau

George Sand
Gesammelte Werke: Romane + Novellen + Autobiographie + Briefe: Die kleine Fadette + Indiana + Lelia + Isidora + Teverino ...meines Lebens + Lavinia + Pauline + Kora...

Valeska Bolgiani, Arthur Stahl
Ein weiblicher Arzt (Historischer Roman)

Jane Austen, Emily Brontë
Die starken Frauenseelen der Weltliteratur (26 Romane in einem Sammelband)Stolz und Vorurteil + Sturmhöhe + Jane Eyre ...+ Kleopatra + Effi Briest und vieles mehr

Jakob Wassermann
Die Schwestern

Donna Johanna von Castilien, Sara Malcolm & Clarissa Mirabel

e-artnow, 2018
Kontakt: info@e-artnow.org

ISBN 978-80-273-1054-8

Inhaltsverzeichnis

Donna Johanna von Castilien

Die Infantin Johanna wurde geboren beim Sterbensgeschrei von mehr als hundert Ketzern, die in derselben Stunde den Feuertod erlitten und unter demselben Fenster, hinter dem die Königin Isabella in Wehen lag.

Des Kindes Haut zeigte eine bernsteingelbe Farbe und seine Augen waren groß, tief, still und düster. Außerdem hatte es unter der Brust ein Mal in Form eines liegenden Kreuzes, von sonderbaren helleren Linien umgeben, die züngelnden Flammen glichen. Am Hof entstand später das Gerücht, daß die Infantin den Anblick des Feuers nicht ertragen könne.

Nicht wie andere Kinder hatte sie Freude an Spiel und Tand und bei festlichen Gelegenheiten verbarg sie sich und suchte die Einsamkeit. Sie lernte spät sprechen und galt bei allen, die sich auf den menschlichen Geist verstehen, alsbald für blöde. Ihren Eltern brachte sie wenig Liebe entgegen, auch sah man sie niemals mit wahrer Inbrunst beten, doch immer wenn die Nacht kam, wurde sie noch scheuer als sonst und im Schlaf schrie sie wie ein Teufel aus peinigenden Träumen auf.

Der König, dem das Kind ein ängstlicher und trübsinniger Anblick war, suchte sie mehr und mehr aus seinen Augen zu entfernen, und als sie elf Jahre zählte, schickte er sie ins Kloster Santa Maria de las Huelgas bei Burgos; sein Entschluß hiezu wurde durch den Vorfall mit dem englischen Windspiel bekräftigt.

Johanna besaß nämlich ein englisches Windspiel von edler Rasse; sie hing mit großer Liebe an dem Tier, es mußte des Nachts neben dem Bette schlafen, sie gab ihm selbst zu fressen und führte es selbst in die Gärten. Das Tier war auch seinerseits der jungen Herrin treu ergeben. Eines Nachts aber geschah es, daß sich Johanna aus dem Schlaf erhob; es war ein Gewitter, und in dunkler Furcht schritt sie zum Fenster. Das Windspiel aber, mochte es nun durch Donner und Blitz erschreckt und erregt sein oder ein Traum seinen Instinkt getrübt haben, knurrte plötzlich und biß Johanna ins Bein. Die Wunde war ungefährlich, doch Johanna, obwohl sie das Tier noch eben so zärtlich liebte, hatte beschlossen, es müsse sterben und nichts konnte sie von ihrem Vorsatz abbringen. Sie wußte sich ein Dolchmesser zu verschaffen, lockte den Hund in einen abgelegenen Teil des Gartens und schnitt ihm dort, während er zu ihren Füßen lag, ruhig und schnell die Kehle durch.

Diese Tat wurde bekannt und erzeugte teils Verwunderung, teils mehrte sie das stille Grauen vor der Infantin. Sie hatte auch eine Art, Menschen anzublicken, daß die betreffenden am liebsten Reißaus genommen hätten, sich jedenfalls aber heimlich bekreuzten.

Das traurige Land um Burgos, seine kahlen Hügel, die nur, wenn die Sonne unterging, in einem Bad aus Purpur wie ungeheure Rubine funkelten; die düstere Stadt mit ihren krummen Gassen, den hohen getürmten Häusern, den alten Palästen mit halbverfallenen Schwibbogen, vergitterten Torwegen und kleinen Fenstern; dazu die Abgeschiedenheit des Klosters selbst, dies alles war dazu angetan, Schleier auf Schleier um das Gemüt der Infantin zu weben. Nur ihre Augen strahlten aus der Dämmerung der Seele wie der Widerschein zweier Sterne aus dem Wasser eines tiefen Brunnens.

Als sie an den Hof zurückkehrte, hieß es, daß sie sich auf die magischen Künste verstehe. Einige sagten offen, daß sie mit Spiegeldeutern, Menschenmachern und Rosenkreuzern zu tun habe, daß sie aus kochendem Wasser weissagen könne und daß sie von einem dänischen Schwarzkünstler gelernt habe, Mumien wieder zu beleben. Sicherlich verstand sie sich auf den Ringgang der Planeten um die Sonne, und eines Tages erzählte der Greffier, der es wiederum vom Turmwart wußte, daß sie oft um Mitternacht regungslos auf dem Balkon liege und in den gestirnten Himmel blicke. Auch befand sich in ihrem Schlafgemach ein Astrolabium und die Marmormaske eines hellenischen Gottes.

Um diese Zeit zog einmal der Hof nach Toledo, wo in der Charwoche eine Reihe von Ketzergerichten abgehalten wurde. Vom Schaugerüste aus erblickte Johanna ein schwangeres Weib am Pfahl. Durch die Heftigkeit der Flammen sprang das Kind aus der Mutter Leibe, doch nach einer kurzen Beratung der Priester schleuderte man es als Ketzerbrut wieder ins Feuer.

Niemals vergaß Johanna den tierisch-jammervollen Schrei der Mutter. Ihr in eine weite Ferne, gleichsam auf ein fernes Licht gerichteter Blick suchte nach einem Pfad zu diesem Licht; die Erwartung besiegte die Erfahrung.

Kaum hatte sie das siebzehnte Lebensjahr vollendet, als sich von vielen Ländern und Thronen her Bewerber um ihre Hand meldeten, denn diese Hand verfügte über die Reiche Castilien und Arragon, welche ihr elterliches Erbe bildeten. Was den König betrifft, so hatte er nur einen ins Auge gefaßt: Philipp von Österreich, des römischen Kaisers Sohn. Aber der Kaiser war anfangs nicht zum höchsten von dem Plan erbaut, seinen einzigen Sohn der Spanierin zu vermählen.

Es war eine Hatz von Intriguen und wurde in der Sache endlos viel Papier verschrieben und Boten reisten hin und her zwischen dem Connetable und dem Hofmarschall. Viele Stimmen erhoben sich dawider, der Prinz selber verhielt sich schwankend, da hatte einer unter den Spaniern den Einfall, die Schönheit der Infantin durch eine poetische Floskel zu beleuchten und er schrieb über sie an den Hof zu Wien: Johannas Haut sei so fein, daß man den roten Wein, den sie trinke, ihr durch den Hals gleiten sehen könne. Die Metapher wurde von den einen belächelt, von den andern für bare Münze genommen, doch wurde Philipp neugierig nach einem solchen Weibe.

Endlich waren die Verträge feierlich besiegelt und beschworen, und mit einem großen Gefolge von edlen Herren, worunter sich auch sein Spezial, der Pfalzgraf Friedrich befand, zog der achtzehnjährige Philipp über Savoyen und Südfrankreich nach dem ehrwürdigen Burgos, wo er zu Beginn des Herbstes ankam. Er trug beim Einzug ein weißes Kleid von offener weißer Seide und ritt auf einem weißen Pferd. In der engen Straße beim Tor stolperte das Pferd und fiel auf die Kniee; darin sahen viele ein Ereignis von übler Vorbedeutung.

Beim ersten Anblick ihres zukünftigen Gemahls blieb Johanna, alles Zeremoniell vergessend, bleich und kühl wie ein steinernes Bild inmitten ihrer Frauen stehen. Sie rührte sich nicht, bis Madame de la Marche sich ihr näherte und mit einer dringlich zugeflüsterten Mahnung der erschreckenden Starrheit ein Ende machte. Gegen den befremdeten Prinzen wurde die Ausrede erfunden, die Infantin habe den Tag über in einem finsteren Gemach in Gebetsandacht verweilt und sei durch den reichen Kerzen-und Fackelschein geblendet gewesen; außerdem habe die Schönheit Don Philipps sie gewiß der Sprache und des Ausdrucks schuldiger Höflichkeit beraubt.

Philipp, nicht gewohnt in den Mienen anderer Menschen zu lesen, legte dem Vorfall keine Wichtigkeit bei, auch nahmen die Vergnügungen einer ununterbrochenen Geselligkeit seine Gedanken völlig ein. Am Tage vor der Hochzeit ward er unter einem köstlichen Baldachin durch neben Triumphbögen in die Kathedrale geleitet und verrichtete dort seine Andacht. Es war schon in der dritten Stunde der Nacht, als er mit der Infantin im geschmückten Saal des Schlosses zusammenkam, darnach folgte der päpstliche Legat, der sie ehelich verband, und der Erzbischof von Toledo hielt die Messe. Als sie ihre Sünden gebeichtet, so erzählt ein namenloser Chronist, haben sie das hochwürdige Sakrament empfangen und nach dem Segen des Kardinals heilig und christlich Hochzeit gehalten.

Aber als die Nacht verstrichen war, sah man den Herzog bleich und wild aus dem Gemach stürzen, während die Infantin von ihren Frauen ohnmächtig aufgefunden wurde. Es hieß alsbald, doch nur im Geheimen wurden solche Stimmen laut, daß Johanna sich der Hingabe an ihren Gatten weigere.

Das Gebot der Kirche drang nicht in Johannas Seele; das priesterliche Wort war ihr nicht viel mehr als eine auf die Mauer gemalte Formel. Ihr Körper lebte, er wurde befehligt vom Blut und das Blut ward entzündet von der Sehnsucht. Der in die weite Ferne gerichtete Blick war des Pfades noch ungewiß, welcher zum Licht führte.

Unter dem Meeresspiegel, unberührt von Stürmen, für Menschen nicht erreichbar, wächst ein Zauberkraut, das den Tod besiegt. So wuchs in Johannas einsamem Gemüt ein Bild von Liebe: eine Blume, die den Tod besiegt. Sie konnte nicht geraubt werden, sie konnte nur langsam bis an die Oberfläche des Lebens wachsen. Völlig vom Zweck entblößt, in Erwartung und Zuversicht so gesammelt, daß es wie Himmelsflammen Geist und Leib durchdrang, der Vision unterworfen, von der Speise des Traums genährt, Wort, Wunsch und Hoffnung musikalisch füllend, so empfand sie Liebe.

Schnell wird Tugend zum Wahn und Wahn zur Krankheit; und wieder ist das Edelste an den Geschöpfen nicht ohne einen Hauch von Krankheit. In einem arragonischen Tal gab es ein Weib, die seit Jahr und Tag auf einem Stein saß, um den Heiland zu erwarten, und die weinend das Gesicht verbarg, wenn einer vorbeiging, der eben nur Mensch war. Dieser war es bestimmt, ihr Herz an ein Etwas zu binden, was nicht aus Erde gemacht ist, und sie webte hin in geheimnisvoller Glut.

Johannas Unschuld hatte sich bewahrt beim Anblick der tückischen Leidenschaften, die ihr Vaterland mit Blut düngten. Sie hatte sich im Frost der Lieblosigkeit wie ein winterliches Kleid um das Herz geschmiegt. Johanna hatte vieles gesehen, was den Schlummer ihrer Jugend zerrissen hatte, und es war Zwang von außen, der ihr das Schicksal an den Lauf der Sterne zu knüpfen befahl. Auch war es eine Zeit, vor der der Nachdenkliche in Bangnis geraten konnte: der Ozean gebar neue Länder, Ost und West gaben unerhörte Mysterien preis, das Wort Christi starb hin, als wäre es nie gewesen, über das Firmament schauerte wie ein Fieber der Gedanke der Unendlichkeit.

Sie träumte von einem Antlitz, das im Schmerz die Züge großer Liebe annahm wie der glühende Stahl sich unter dem Hammer biegt; von einem Auge, nicht getrübt, sondern verklärt durch das Verlangen; von einer Gebärde, vertrauenswürdiger als Eide; von einem Laut aus dem innersten Innern des Herzens; von einer Gewalt, die sie ergriff und trug, Niedriges zerstampfte, Häßliches unsichtbar machte. Ihre Sinne waren geschärft für den Schmerz, den die Gelegenheit erzeugt, und für den, der das Dasein verdunkelt; für die aus Qual und Lust geborenen Versprechungen, welche die Züge der Redlichkeit heucheln, und für diejenigen, die von Gott selbst geheiligt werden und wie ewige Säulen den Bau der Seele tragen.

Oft war ihr, als risse sie eine ungeheure Faust vom Boden empor und hielte sie so zwischen Himmel und Erde, daß sie nicht fallen konnte, jedoch fortwährend zu fallen fürchten mußte. Sie schien hoch über allen zu schweben und verging vor Angst, tief unter alle hinab zu fallen. Es kam vor, daß sie nächtelang auf den Knieen lag und für Philipp betete; aber nicht wie das Weib für den Gatten betet; Philipp stand schattenblaß vor ihrem innern Auge, fast wie ein Gespenst, noch ohne feste Gestalt, wie etwas aus weiten Fernen, was auf einer schwanken Brücke ging oder auf lautlosem Wasser glitt. Sie wünschte, daß Philipp kommen, daß er werden, daß er leben möge.

Sie hatte soviel Finsternis in sich, daß ihr die Nacht bisweilen wie ein leuchtender Nebel erschien. Dann schoben sich alle Dinge auf einfachste Linien zusammen, alles wurde Gesicht, Steine atmeten, tote Räume redeten. Wie unfaßlich und überwältigend war es dann, auf dieses Wesen zu warten, das da wurde, aus dem Wirrsal der Kreaturen emporstieg, zugleich kristall- und pflanzenhaft. Sie selbst spürte sich wie eine Blume, ihr Menschenleib löste sich ab, und sie schaute in ihr eigenes Antlitz, das welk und schlafend schien.

Es liegt den geringen Naturen nahe, daß sie, an das Los einer größeren gekettet, nicht an Schicksalsvollzug glauben wollen, sondern die Flucht ergreifen und zu den niedrigen Neigungen eilen, die ihnen die Herrschaft in ihrem Eigenkreise sichern.

So auch Philipp. Den Spott seiner Leute fürchtend, bemühte er sich, der Alte zu sein, sich selbst zu überbieten, und gab acht, daß die Sache, die insgeheim seine Ehre benagte, nicht durch die Mäuler geschleift werde. Wurde nach und nach seine Hoffnung geringer, die Infantin zur Vernunft zu bringen, so verbarg er doch so gut als möglich die wachsende Ungeduld. Er dachte an Gewalt; dies hatte gute Weile, es brachte zuviel Lärm mit sich, außerdem durfte er die Meinung des Volkes nicht mißachten, dem er noch ein Fremdling war.

Zuviel Kopfzerbrechen. Diesem Jüngling war es nicht gegeben, am Menschen Schwierigkeiten zu entdecken. Er suchte Zerstreuungen und trieb es unverhohlen mit der hübschen Anna Sterel, der Gattin eines schwäbischen Edelmannes. Seine Phantasie malte ihm das Bild einer eifersüchtigen Infantin, die sich so, schlau erdacht, in den eignen Stricken fing. Nächtlicherweise ging er mit dem Freund, dem Pfalzgrafen Friedrich, auf Abenteuer. Sie verkleideten sich und trieben allerhand Unfug.

Der Pfalzgraf war ein Held, eine Leuchte des Rittertums, deutscher Herr, aber ganz nach dem neuen spanischen Schnitt, voller Galanterien, voller Schulden. Er war auch musikalisch und schlug den Herrn von Moncada, der behauptet hatte, die Musik mache weibisch, beim Turnier so darnieder, daß er taub wurde. Als Reiter hatte er nicht seines gleichen; es war sprichwörtlich zu sagen: er reitet wie der Pfalzgraf. Dieser Bramarbas brach in ein höllisches Gelächter aus, als ihm Herr Hughes von Melun, der die Kunde von Frau Molembais besaß, vorsichtig zuflüsterte, wie es um Philipp und Johanna stand. Er rasselte von Kopf bis zu den Füßen, er rasselte mit Kette, Schwert und Augen, als er erwiderte: »Gemach, gemach! der Herzog wird wohl wissen, wie man ein störrisches Frauenzimmer traktiert. Es ist nicht lange her, daß der muntere Philipp zu jedem Nachtessen ein warmes Weiberherz verspeist hat.«

Nun mußte der Pfalzgraf im Frühjahre nach Deutschland zurückkehren. Philipp war traurig wie einer, der beim Wein sitzt und dem plötzlich der Wind Becher und Flasche davonträgt. Er verlor die Sicherheit und begann mißtrauisch und mit verhaltener Wut auf das Wispern zu horchen, in dem sich Herren und Diener gefielen, wenn er vorüberging.

Das Gerede war nicht mehr zu dämmen. Ein Hoffräulein hatte das Geheimnis dem Granvella anvertraut, der hinterbrachte es dem König nach Madrid. Der König war außer sich und schickte seinen Kanzler zu Philipp, die Königin ihre erste Dame zu Johanna. Scheidung und Kerker wurden der Infantin in Aussicht gestellt; wo heilige Satzungen verletzt würden, dürfe der König das eigene Geschlecht nicht schonen. Im August mußte Don Philipp nach Italien ziehen, und der König befahl der Infantin, sich nach Medina del Campo zu begeben. Sie wurde dort gleich einer Gefangenen gehalten, ein fanatischer Dominikaner, durch ihre Ruhe getäuscht, glaubte mit wilden Predigten ihr Gewissen schrecken zu sollen und krächzte ihr wie ein böser Rabe dreimal täglich das Register der höllischen Strafen vor.

Nach seiner Heimkehr ließ Philipp die Infantin zu sich kommen und versprach ihr aus freien Stücken, sie vor allen Verfolgungen zu schützen. Einige meinten, Furcht vor ihren Zauberkünsten hätten ihn dazu bewogen. Andere sagten, ihre Schönheit habe plötzlich seine Begierde erregt, und aus List habe er sie bestimmt, sich vorerst zum Schein zu fügen.

Indes brachten giftige Zungen sein Blut in Aufruhr, und ihn wurmte der düstere Spott in allen Gesichtern. Dem versteckten Spaniertum war seine aufrichtige Jugend nicht gewachsen. Wie eitel ihre Blicke, wie verräterisch ihr Händedruck, und der Ton ihrer Rede so süß, daß man Honig auf der Zunge zu spüren glaubte. Eingesponnen von wirbelnd-schwüler Luft, des öftern schlaflos liegend, von Gier und Groll gewürgt, ließ sich Philipp von seinem ungelenkten Trieb zu einer Handlung niederträchtiger Art hinreißen.

Er verabredete sich mit den beiden Kämmerlingen, Herrn von Fyennes und Herrn Florys von Ysselstein. An einem Abend drangen sie zu später Stunde durch einen geheimen Gang und, indem sie eine verschlossene Tür erbrachen, in das Schlafgemach Johannas. Mit dem gezückten Schwert stellte sich der Herzog vor das Bett und forderte die Infantin auf, sein rechtmäßig leibliches Weib zu werden; sträube sie sich aber, so müsse sie den Tod erleiden.

Die schöngeflächten Wangen von fahlem Glanz übergossen, richtete sich die Infantin auf und bedeutete den beiden Edelleuten, das Zimmer zu verlassen. Diese dachten nicht anders, als ihrem Herrn geschehe der Willen, und gehorchten. Darauf entkleidete sich Johanna, band ein schwarzes Tuch über die Augen und sagte: »So könnt ihr mich nehmen, sehend nicht, so könnt ihr euren Wunsch befriedigen und zugleich eure Drohung wahr machen. Gott sei mir gnädig.«

Philipp, eben noch toll und heiß, stand eine Weile nachdenklich. Dann fing er an zu zittern und zitternd, mit scheu gesenkten Blicken, verließ er den Raum. Von Stund an war er verwandelt. Im Palast verbreitete sich Sorge und Befremden. Nur für Johanna begann sich sein Körper langsam aus dem Chaos der Ungestalten zu lösen.

Anfangs lag er noch der Jagd und dem Ballspiel ob, erschien auch noch regelmäßig bei der Tafel. Dann schloß er sich ab. Seine Hautfarbe ward grau, sein Auge trüb und krank, sein Gang gebückt. Don Diego Gotor, der Leibarzt, sagte, daß ein Fieber in seinen Knochen wühle. Es schien, als wäre er nicht mehr imstande, ein vernünftiges Gespräch zu führen; jede Aufmunterung nahm er ohne Anteil hin.

Er gab die notwendigen Befehle schriftlich und sprach nur mit Donna Gregoria, Johannas einziger Vertrauten, die täglich zu ihm kam.

Es ist Zauberei, sagten die Hofleute. Wenn Diego Gotor aus dem Zimmer des Herzogs trat, umringten sie ihn neugierig. Das Greisengesicht Don Diegos, das durch ein dauerndes Wechselspiel von tausend Falten und Fältchen Ähnlichkeit mit einem stürmischen Wolkenhimmel hatte, war traurig und ratlos. In einem Leben von siebzig Jahren hatte Diego Gotor das Gemüt der Menschen mit derselben Begierde erforscht, mit welcher der unscheinbare Wurm das Innere der Erde durchhöhlt.

Er sagte: »Im Morgenland erfuhr ich, daß Jünglinge, denen der Gegenstand ihrer Liebe sich entzog, in ein Leiden verfielen gleich dem unseres Herzogs. Ein solcher Mensch lag wie im Starrkrampf da, schwebte zwischen Schlaf und Tod, und sein Geist hatte nicht mehr die Kraft, den Körper zu regieren. Konnte sein Begehren nicht gestillt werden, so siechte er allmählich hin und mußte sterben oder es brauchte viele Jahre und dauernde Entfernung von der geliebten Person, bis er wieder unter Menschen wandeln konnte, der Freude freilich beraubt. So geschieht es wie gesagt im Morgenland, wo das Blut von dicker und schwarzer Beschaffenheit ist. Doch versicherte mich ein gelehrter Mann, daß, wie der Blitz nur in die höchsten Bäume schlägt, bloß Auserwählte von solchem Unheil betroffen werden können, und daß gemeine Fleischeslust damit nicht mehr verwandt ist als das Küchenfeuer mit dem Blitz.«

Die Ritter fluchten der Infantin. Wie kann Johanna einem Jammer ruhig zusehen, dessen Ursache sie selber ist, ließen sie sich vernehmen; wie erträgt sie es vor ihrem Gewissen, den herrlichen Mann so sich verzehren zu lassen, als wäre sie stumm, taub, blind und lahm.

Bald fing Philipp an, Trank und Speise von sich zu weisen, versagte sich dem Gebet, und sonst heilsame Mixturen übten keine Wirkung. Seine Augen erloschen, die Hand schloß sich nicht mehr zum Druck beim Gruß.

Des Nachts richtete er sich auf und streckte die Arme aus, als wolle er ein Luftbild umschlingen. Die heiße Lippe lallte einen zärtlichen Laut. Wenn er in den Spiegel sah, so erblickte er nicht sein eigenes Antlitz und bisweilen küßte er in der Verblendung den eigenen Mund.

Die Infantin trat oft an Philipps Lager, sie erhaschte seinen Blick und hielt ihn fest, sie grub gleichsam das Innere seines Auges auf. Die blauen Sterne schwammen auf der milchigen Iris in einer Art von Wahnsinn langsam von Eck zu Eck. Das korngelbe Haar klebte naß auf der steilen Stirn. Der schmale Körper, auf der Seite liegend, glich einem gespannten Bogen. Donna Johanna schüttelte den Kopf; noch schritt Philipp auf lautlosem Wasser in trüber Ferne.

Aber ihre Sehnsucht wurde so groß, daß es, als wäre die Erfüllung schon geschehen, wie ein Strom der Verzücktheit durch ihre Brust floß. Sie sah den blauen Himmel besät mit smaragdenen Blumen und die myrten-und lorbeerbeladene silberne Erde hob sich schwellend dem Firmament entgegen. Oft eilte sie in der Dämmerung durch die Galerien in die Gärten, so schnell, daß Donna Gregoria kaum zu folgen vermochte. Begegnete ihr jemand auf diesem Weg, so blieb sie stehen und schaute ihn an, streng und wild. Wer ist der Mann? fragte sie ihre Begleiterin mit ihrer wunderlich flötenden oder gurrenden Stimme. Und Donna Gregoria erwiderte etwa: es ist einer von Don Philipps Freunden. Doch Johanna hörte die Antwort nicht mehr; sie war schon weiter geschritten; die gelben dünnen Lider, von zahllosen blauen Äderchen übersponnen, schienen die vollflammenden Augen zu begraben, der Kopf senkte sich nach vorn, von ihrer Schulter wehte der Abendwind den Schleier herab, und der entblößte Nacken leuchtete wie das Holz eines frischgeschälten jungen Baumes...

Da geschah es, daß Herr von Carancy und Herr von Aymeries übereinkamen, dem König neuerdings von allem Bericht zu erstatten und dringend zu fordern, daß die Infantin in ernste Rechenschaft gezogen würde, deren Verhalten sie als eine Frucht und einen Beweis der teuflischen Schwarzkunst ansahen. Sie versicherten sich des Einverständnisses der übrigen Granden und Räte, und Herr von Carancy sollte den Wortführer machen. An einem Freitag zu Anfang

September ritten sie mit ihren Leuten gen Valladolid, in welcher Stadt der König damals gerade Hof hielt. Am Hoflager angelangt, ließen sie sich melden, und Herr von Carancy trug mit zornverhaltener Beredsamkeit vor, was im Palast von Burgos die Gemüter verfinsterte.

Der König wurde vor Ingrimm totenbleich. Schon lange hegte er der schmählichen Angelegenheit wegen gerechte Besorgnis. Es wurde ein Haftbefehl ausgefertigt, demzufolge Johanna auf das feste Schloß Portillo in Ketzergewahrsam zu bringen sei. Der Kommandant von Burgos habe zweihundert Mann unter den Befehl des Herrn von Carancy zu stellen; mit ihnen und in Begleitung des Ober-Alguazils, damit den Waffen auch das Gesetz zur Seite stehe, solle dieser in den Palast dringen und die Infantin fortführen.

Die zwei Herren waren zufrieden; Ketzergewahrsam hieß so viel, als unter Foltern langsam sterben. Sie kehrten ehestens nach Burgos zurück und handelten ohne Verzug. Der Stadtkommandant, sehr betroffen über den königlichen Befehl, wagte nicht zu widersprechen, trotzdem er eigentlich nur dem Herzog zu gehorchen hatte. Er sandte aber im geheimen Botschaft an den Haushofmeister im Schloß, um die Leute der Infantin vorzubereiten und zu warnen.

Als das Abendläuten von den Türmen der Kathedrale klang, forderte Herr von Carancy mit seinen Bewaffneten im Namen des Königs Einlaß in den Palast, ließ sämtliche Tore besetzen, postierte einen Teil der Leute in den Gängen und auf den Treppen und schritt, von seinem Genossen und dem Oberrichter gefolgt, nach den Gemächern der Infantin. Madame de Bevres, die ihm entgegentrat, antwortete auf seine rauhen und herrischen Worte mit Ruhe, daß sich Donna Johanna im Bade befinde.

Herr von Carancy war mißtrauisch, mußte sich aber zu warten entschließen. Da jedoch beinahe eine halbe Stunde verfloß, ohne daß weder die Herzogin noch eine ihrer Damen sich zeigte, übermannten ihn Argwohn und Ungeduld, er öffnete die nächste Türe, die in ein leeres Zimmer führte, durchschritt diesen Raum und gelangte zu einer zweiten Türe, die er gewalttätig aufwarf.

Die Infantin saß vor einem Porphyrtisch, auf dem ein goldener Leuchter mit fünf brennenden Kerzen stand. Sie saß in einem Stuhl mit hoher Lehne, doch nicht hingelehnt; ihr Oberkörper war seltsam steif aufgerichtet und diese Steifheit wurde vermehrt durch die regungslos niederhängenden Arme. Sie trug ein kastanienbraunes Kleid, das man für ein Mönchsgewand hätte halten können, wäre nicht die zartgelbe Stickerei am Saum und an den Ärmeln gewesen.

Hinter ihr stand Donna Gregoria und kämmte der Herrin das Haar. Donna Gregoria war klein, schlank, gelenkig, spitzgesichtig. Sie hatte etwas von einer Äffin und etwas von einer Schwalbe. Liebkosend hielt sie das bläuliche Haar in der Linken und lauschte dem knisternden Geräusch, das ihr Kamm hervorbrachte.

Auch der Alguazil und andere Herren waren inzwischen herbeigekommen und starrten nicht ohne Scheu über die Schwelle. Von gegenüber, aus offenen halberleuchteten Räumen eilten Kammerfrauen herzu und blieben mit gefalteten Händen stehen. Donna Gregoria hörte auf zu kämmen und schaute über die Schulter hinweg hochmütig fragend auf Herrn von Carancy, dem die Sprache versagte und der rückwärts griff nach dem Pergament in den Händen des Richters. Donna Johanna erhob sich; sie war weder erstaunt noch erzürnt. Es war, als lausche sie auf den verworrenen Lärm, der von draußen hereinschallte, und ihre gelben dünnen Lider bewegten sich kaum, als sie fragte: »Was hat seine Herrlichkeit der König über mich verfügt? denn nur in seinem Namen kann vielleicht ein solcher Überfall sich rechtfertigen.«

Herr von Carancy zuckte zusammen und über seine Haut rann ein Schauder. Doch antwortete er, was er antworten mußte.

Bei dem Worte Ketzerhaft stieß Donna Gregoria einen gellenden Schrei aus. Die Infantin machte eine abwehrende Bewegung. Ihre Stirn schien beinahe unsichtbar zu werden unter der sinkenden Wolke des Kummers. Ihr Gesicht lag wie ein Stein im Bett des schwarzaufgelösten Haares. »Ich bin bereit,« sagte sie mit einem verlorenen Lächeln, denn der Wille zu leiden umflutete sie wie Wollust.

Donna Gregoria ergriff den Leuchter und wollte damit, planlos, sinnlos, der Herrin vorauseilen. Die fünf brennenden Lichter, im Zugwind wehend und doch emporgehalten, erschienen

Johanna auf einmal als untrügliche Verheißung, so daß was nun folgte, ihrem atemlosen Erwarten schon wie ein tiefes, sattes Ruhen war, und indem sie es lebte, spürte sie es schon als Erinnerung, dankbar und müde.

Besorgt über die Wirkung, die Johannas Gefangennahme auf Philipp haben würde, hatte Don Diego Gotor dem Herzog in kurzer Frist von dem was im Werke war Mitteilung gemacht. Zwischen seinem letzten Wort und der Sekunde, die ihn nun Aug in Aug mit der Infantin sah, war nicht soviel Zeit verflossen, als man braucht, um bis fünfzig zu zählen. Der Herzog strauchelte keuchend herein. Sein Auge, das den Eindruck von etwas Morschem, Faulendem machte, haftete auf nichts, auf keinem. Er sank vor Donna Johanna auf die Knie, und als sie ein wenig zurückwich, sank er noch weiter hin, platt an die Erde. Wie er lag, fing er an zu weinen. Alle dachten, nun sei es zu Ende mit ihm, und starrten bestürzt einander an.

Die Infantin hatte die Fingerspitzen beider Hände zusammengepreßt. Ihr Haupt fiel auf den gedehnten Hals nach rückwärts. Sie lauschte beseeligt dem Weinen, das wie Flügelrauschen zu ihr emporwirbelte. Jetzt sah sie Philipp, jetzt war er da, er lebte. Mit jähem Ruck beugte sie sich herab und drückte sanft die Hand auf sein Haar. Philipp schwieg, schaute auf, ihre Blicke verschmolzen, es hob ihn wie von selbst, er umfaßte mit den Armen ihre Schenkel und trug sie kurz und heiser aufjubelnd durch einen purpurnen Nebel von Glück hindurch.

Johanna lachte lautlos in die Luft hinein, und es war ihr, als ginge es über Mauern, die vor Philipps Schritt zerbarsten, über Wälder, deren Finsternis wie Glas zersprang, und über das Meer, das wie flüssiges Morgenrot schäumte.

Die ganze Nacht hindurch war das Schloß von heiterster Ausgelassenheit erfüllt, auch in der Stadt herrschte alsbald festliches Wesen. Die vornehme Familie der Stuniga ließ auf offener Straße eine Zechtafel für das Volk errichten.

Fahrende Sänger und Liederdichter flochten nun in ihre oft rezitierten Strophen gern einen Vers ein zum Preis der innigen Liebe zwischen Philipp und Johanna von Castilien.

Aber der Hof zu Burgos wurde allmählich eine Stätte des Schweigens. Den Pagen, Rittern und Edelfrauen ging der Stoff zu schwatzen aus. Ein vereinzeltes Lanzenstechen half auch nur über ein paar Tage hinweg. Die Herren saßen oft betrübter da als nach verlorenen Schlachten, und manche erbaten den Abschied, um nach Rom, Madrid oder Flandern zu ziehen.

Kamen die spöttischen Granden zusammen, so hieß es: was macht Philipp? schläft er noch? Und es wurde erwidert: wenn der Dürstende trinkt, so spricht er nicht.

Der Herzog zeigte sich selten öffentlich. Sobald die Ratsgeschäfte erledigt waren, bei denen er ein ernst-wohlwollendes Betragen an den Tag legte, zog er sich wieder in seine Gemächer zurück. War eine Jagd angesagt, so ließ er die Geladenen oftmals allein ziehen oder entfernte sich von der Gesellschaft, wenn es gerade am lustigsten war, und ritt davon. Dann berichteten Hirten, daß sie ihn in einem einsamen Tal angetroffen hätten, wo das Pferd sich selbst überlassen an einem Abhang graste, indes Philipp ruhvoll auf der Erde lag und den Blick in die Wolken sandte.

Einige ließen schüchtern verlauten, er sei eben im Bann gewisser Zauberkünste. Doch mit Bestimmtheit wußte man nur, daß Johanna ihm italienische Gedichte vorlas, auch die Berichte der Seefahrer über die indischen Länder und die neuen Traktate über den Sternenhimmel, die in Deutschland gedruckt wurden. Das Gerede blieb haltlos; zudem war der Herzog nach wie vor ein eifriger Kirchengänger und bei den geistlichen Umzügen zeigte er solche Andacht, daß es ergreifend war, in sein helles Jünglingsgesicht zu schauen.

Es kam aber die Zeit, wo in diesem Gesicht bisweilen eine rasche Angst aufzuckte. Da wurde dann die glattgespannte Stirn schlaff und warf eine ermüdete Falte. Doch mußte Philipp allein sein, um den Mut zu finden, diesem Ziehen außerhalb der Haut nachzugeben. Etwa wenn er in der Dämmerung am Fenster stand und über die Baumwipfel hinwegspähte, in deren Ästen der Frühling prickelte. Auch geschah es vor dem Einschlafen in der Nacht, daß ein Seufzer über seine Lippen eilte.

Vor dem Traum flog sein Geist an die fernen Ufer der Donau. Dort war das Leben viel leichter; es schien, als könne man dort mit plötzlich unbelasteter Schulter wandeln.

Philipp sehnte sich nach einem Spiel. Nicht nach ritterlichem Spiel, – er hatte häufig Lust, sich mit Landsknechten an einen schmutzigen Kneipentisch zu hocken und mit ihnen Karten zu spielen. Es reizte ihn, an ihren rohen Scherzen teilzunehmen, für sich allein trieb er Rede und Widerrede, vergnügte sich innerlich an einer unflätigen Wendung und kicherte, wenn er den Beifall der eingebildeten Hörer erworben zu haben glaubte.

Ja, er trug Begierde nach etwas Gemeinem, Lüsternem, Schmutzigem und Verruchtem. Diese Begierde wuchs, da er sie vor der Welt und sich selbst mit Sorgfalt zu verbergen trachtete.

Nach längerem Beisammensein mit Johanna fielen ihm vor Erschöpfung die Augen zu, und er sah aus, als schlafe er im Gehen und im Stehen. Denn sie spannte seine Seele, sie dehnte seine Seele über alles Vermögen. Wenn sie sprach oder schwieg, war es gleich schwer, immer gegenwärtig zu sein. Ihr Schweigen war wie ein Marmorblock, den er auf seinen Händen tragen sollte. Hände, Arme und der ganze Leib gerieten durch das Gewicht des Blocks nach und nach ins Zittern, und die Kraft versagte. Sie ahnte nichts davon, die mit aufgereckter Inbrunst ihm zur Seite ging, beständig trunken von derselben dünnen Luft.

Hier war ein geheimnisvoller Kreis, in dem zu schreiten die Nerven bis zum Klingen auseinanderzerrte. Ihn zu verlassen, schien bedenklich, denn jenseits war vielleicht der Tod. Philipp fürchtete sich vor seinem Weib.

Einst gedachte er der nächtlichen Streiche, die er verkleidet in Gesellschaft des Pfalzgrafen verübt. Er verkleidete sich ebenso, und als es Nacht war, trieb er sich in den Gassen herum, mischte sich in die Händel zwischen ein paar französischen Buschkleppern, brach einem schwarzen Hund, der ihm bellend an die Schulter sprang, mit einem Griff das Genick, fand eine Schenke voll schwäbischer Söldner, denen er soviel Wein auftischen ließ, daß sie schließlich allesamt wie tot auf der Erde lagen, und gelangte beim Morgengrauen unerkannt wieder ins Schloß. Es war ein Auf- und Ausatmen.

Eine Woche vor Johannas Niederkunft kam der Connetable mit einer vertraulichen Botschaft des Königs. Er gab dem Herzog zu verstehen, wie große Bedenken es habe, das Kind in den Händen einer Frau zu lassen, die nach dem Zeugnis aller Urteilsfähigen der gesunden Vernunft entbehre. Wenn auch neuerdings das Unwesen sich gemildert habe, so bestehe doch keine Sicherheit, schon der nächste Tag könne den Geist der Infantin wieder verdunkeln. Der Herzog möge besserer Einsicht Gehör schenken und das Kind aus dem dämonischen Bereich entfernen; der Hof von Madrid erklärte sich bereit, die Erziehung zu übernehmen.

Philipp sträubte sich zuerst, gab aber bald nach. Es kam ein Mädchen zur Welt, das am siebenten Tag seines Alters der mütterlichen Hut entwendet wurde. Als die Infantin sich aus ihrem Bett erhob, konnte ihr der Sachverhalt nicht verheimlicht werden. Man stellte aber alles so dar, als ob ein Beweis der gnädigen Gesinnung des Königs vorliege.

Johanna hörte ruhig zu. Sie verlangte den Herzog zu sprechen. Es wurde ihr bedeutet, Don Philipp habe in dringenden Geschäften verreisen müssen.

In Wirklichkeit hielt sich Philipp auf einem Schloß in Arragon versteckt, bis er annehmen durfte, Johanna habe sich dem Unvermeidlichen ergeben. Er hatte ein paar gesellige Kumpane mit sich genommen, darunter den Ritter Franz von Kastilalt, einen Abenteurer und Possenreißer. Dieser wurde sein unzertrennlicher Trabant; auf die Gunst des Herzogs bauend, verübte er mancherlei Untaten und wurde der Schrecken friedlicher Bürger. Er war ein so gewaltiger Fresser, daß ihn einst der Graf von Aranda um Gottes willen ersuchte, sein Gebiet zu verlassen, weil er und seine Leute eine Hungersnot herbeiführen könnten.

Dem Herzog wurde die Stadt zu eng und von Castilien sprach er als von einer Provinz des Teufels. Verhaßt wurde ihm sein Haus, verhaßt der Himmel, der es bedeckte. Schien die Sonne, so beklagte er sich über ihre Glut, fiel Regen, so meinte er höhnisch, ein Land, das Wasser gebäre statt Wein, müsse man fliehen. Und er floh. Als die Unruhen in Flandern ausbrachen, begab er sich übers Meer nach Antwerpen, dort blieb er aber auch nicht lange, sondern zog den Rhein hinauf nach der fröhlichen Stadt Köln und zu seinem getreuen Pfalzgrafen. Dann hetzte es ihn weiter, er suchte die Heimat auf und verließ sie wieder, enttäuscht, beklommen und grundlos erbittert. Die Herren am kaiserlichen Hof wunderten sich über die unverträgliche Natur des Prinzen und seine hitzige Art; denn Philipp war ehedem sanft gewesen.

Im ersten Monat des neuen Jahrhunderts, als die Kometen Unheil ankündeten und die schwarze Pest aus Asiens Wüsten hauchte, machte sich Don Philipp abermals auf und zog nach der niederländischen Stadt Gent. Wie er nur noch eine Stunde von den Mauern entfernt war, kamen ihm der Audiencier und Meister Jakob von Goudebault entgegen und teilten ihm mit, daß Donna Johanna, hochschwangeren Leibes, seiner im Schloß harre. Sie war wenige Tage zuvor von Spanien eingetroffen, voll Sehnsucht nach dem Gemahl.

Don Philipp klopfte das Herz. In den sieben Monaten seiner Abwesenheit hatte er Johanna gleichsam aus seinem Innern verloren. Er wußte nicht mehr, wie sie aussah, wie sie sprach; er erinnerte sich nicht mehr an die Farbe ihrer Augen und an die Form ihrer Schultern; ihre Stimme klang ihm nicht mehr im Ohr, seine Gedanken hatten sich ihrer entwöhnt. Geblieben war nur die zunehmende Bangigkeit, wenn er sich vorstellte, eines Tages wieder Angesicht in Angesicht mit ihr sein zu sollen.

Er hatte ihren Namen durch die Länder geschleppt; nichts weiter als ihren Namen. Sie mit Leib und Geist in der Stadt Gent zu wissen, überraschte und erschreckte ihn. Er verzögerte den Einzug auf alle Weise, so daß seine Leute nicht wußten, was sie davon denken sollten.

Dennoch durchflammte ihn gleichzeitig die äußerste Ungeduld und suchte ihn zu bereden, daß die alte Leidenschaft wieder erstanden sei.

Als er Johannas Lippen auf den seinen spürte, starrte er offenen Auges und stockenden Atems auf ihre bernsteingelben Lider, die sich tief herabgesenkt hatten wie in einem Schlaf der Liebe. Ihm war, als müsse er mit einem Messer die beiden zitternden Hautkugeln durchritzen, um Sonnenlicht durch diese Behälter der Finsternis zu gießen.

Das große Gent gab dem Herzog zu Ehren ein Fest. Um Mitternacht, als Tanz und Lustbarkeit im besten Zuge waren, fühlte sich die Infantin sehr unwohl. Ehe man sie hinwegführen konnte, gebar sie im dichten Kreis ihrer Damen ein Kind. Es war ein Knabe und er wurde Carlos genannt. Die Herzogin Margarete nahm ihn in Obsorge. Diesmal kam der Entschluß, das Kind in der flandrischen Stadt zu lassen, von Philipp selbst.

Als man das Schiff zur Rückkehr nach Burgos betrat, war die Infantin noch des Glaubens, ihr Knabe sei mit an Bord. Erst auf hohem Meer erfuhr sie, daß dem nicht so war. Mit einem langen Schrei stürzte sie aufs Verdeck, um sich in die Wellen zu werfen, um zurückzuschwimmen und das Kind zu holen. Ein Matrose packte sie noch am Arm. Bewußtlos fiel sie hin.

Dieses Kind hatte sie mit dem Wissen einer Mutter im Schoß getragen. Die lange Trennung von Philipp hatte ihr Gefühl zur Tiefe gedrängt. Der höfisch gemessene Stil ihrer Briefe an ihn war die Schanze, hinter der sie die Zuckungen und Tränen ihrer einsamen Leidenschaft verbarg. Auf das unsichtbare, jedoch so nahe, ja mit ihr selbst verschmolzene Geschöpf bürdete sie die Schönheit und den Reichtum der Erde wie man das Bild der Muttergottes mit Rosen und Kostbarkeiten behängt. Sie hatte den Strahl seines Auges aus der Dämmerung des Nochnichtseins aufgefangen, sie hatte es schon im Besitz und es mit verzückten Armen über sich und über Philipp hinausgehoben, um es Gott näher zu bringen. Mit entzündeter Phantasie hatte sie seine Seele erschaffen. Sie hatte seinen Geist aus Träumen gemeißelt und ihre Liebe, bisher körperlos verschwebend, hatte ein Gefäß erhalten, atmende, zeugende Gegenwart.

Durch den neuerlichen Raub sah sie sich ausgestoßen aus der Welt und aus sich selbst. In frierender Blöße war sie schamloser Neugier preisgegeben. Sie erschien sich entkräftet und zweigeteilt. Sie verlor die seltsam umschleierte Sicherheit von Rede, Schritt und Haltung, bewahrte aber doch ihre Ruhe. Wie ehemals formte sich alles zur geduldigen Erwartung, doch war es nicht mehr die Erwartung vor dem Anbruch des Tages, sondern diejenige vor dem Kommen der Nacht.

Es träumte ihr, daß sie zwei Teller sah, die wie zwei gefallene Monde anzuschauen waren. Auf jedem der beiden Teller lag ein Herz, auf dem einen das ihre, auf dem andern Philipps Herz. Ihr Herz war scharlachfarben, von den Seiten rann Blut und quoll über die bläulich leuchtende Schale. Philipps Herz war blaß und schleimig; es erinnerte an jene Quallen, die das Meer bisweilen an den Strand spült. Da trat eine Gestalt heran, packte Johannas Herz und warf es empor. Es stieg aber kaum über Baumeshöhe und fiel schwer zurück. Dann schleuderte dieselbe Hand Philipps Herz empor, und dies flog leicht wie eine Rakete bis in die Wolken und kam nicht mehr zum Vorschein.

Fürchterlich zu denken, daß sie die unreife Frucht gepflückt haben sollte und daß Süßes plötzlich bitter geworden war. »Öffne deine Hände!« gebot sie Philipp nach einer Gewitternacht, die sie zusammen auf der Burg bei Illescas verbracht hatten. Er öffnete seine Hände und sie gewahrte, daß es die kleinen Hände eines Pagen waren. Der eine Daumenballen war von einer Falkenkralle zerrissen. »Warum lächelst du?« fragte sie verwundert; sie erkannte, daß dies Lächeln sein Schild war, hinter dem sich niedrige Geheimnisse versteckten.

Auf die Wand der Kapelle, in der sie zu beten pflegte, war eine Szene gemalt: ein schöner Jüngling, der vor der geisterhaften Erscheinung des heiligen Jago die Flucht ergreift. Wenn sie in Philipps dunkelgrüne Augen blickte, sah sie in unendlicher Verkleinerung das Bild des fliehenden Jünglings darin. Stets ergriff er die Flucht vor ihr. Sein geringstes Wort, seine zufälligste Bewegung ergriff die Flucht vor ihr. Wenn sie sprach, senkte er den Kopf und alles an ihm verstummte. Ging sie mit den Frauen über die Galerien und er stand mit seinen Freunden im Hofe, so hörte er auf zu scherzen und legte mit bekümmerter Miene den Arm über den Hals des Pferdes.

Fünfundzwanzig Tage des Monats war er fort vom Schlosse. Die Bringer von wichtigen Nachrichten mußten warten. Wo ist Don Philipp? fragten die Räte. Geantwortet wurde: er jagt mit dem Grafen Balduin; oder er zecht mit dem Ritter Kastilalt; oder er ist zum Winzerfest nach Saragossa geritten. Es gab auch Auskünfte, die man nur heimlich zu raunen wagte; denn nicht selten spielten die schönen Maurinnen eine Rolle bei den Zerstreuungen des Herrn.

Wenn Philipp, wie es selten geschah, zur Nachtzeit das Gemach Johannas betrat, war er fast jedesmal trunken. Seine Liebkosungen rochen nach Wein, seine Leidenschaft war geräuschvoll und prahlerisch. Sein Gemüt war im Rausch der Lüge wie sein Blut im Rausch des Weines. Er merkte nicht, wie dann alles an Johanna lautlos schluchzte und ihr Kuß ein Krampf der Reue wurde. Er hatte noch immer nicht gelernt, in Menschengesichtern zu lesen; er hatte den Geist eines Pagen. Wenn er auf dem Pferde saß und den Kopf stolz zur Seite drehte, dann mochte er als ein Wesen für sich erscheinen. Aber seine Zunge war von Gott versiegelt, und er wußte nichts von dem Schmerz um sich selbst.

Wie die Tage sich ausspannen zu Wochen und die Monate sich zu Jahren dehnten, empfand Johanna kaum. Sie brachte ein drittes Kind zur Welt, ein viertes, ein fünftes. Sie trug sie unter einem verödeten Herzen und gebar sie – hoffnungslos. Alle wurden ihr genommen wie jenes Kind der Liebe; ihr war, als setze sie Gespenster ins Leben, Dinge, die zu Luft verrannen, wenn ihr sehnsüchtiger Arm nach ihnen griff. In ihre tiefe Verlassenheit blickten aus weiter Ferne, von hyperboreischer Meeresküste her die lebendigen Augen ihres Sohnes Karl. Sie wußte nicht mehr von ihm, als man von den Sagenfiguren aus der Vorzeit erfährt.

Ihr vernichtetes und gescheuchtes Herz grub sich weiter in die Nacht. In fremdartiger Hitze rollte ihr Blut. Beim Anblick der Sterne konnte sie vor Ungeduld zittern und die Hand auf die zum Aufschrei geöffneten Lippen pressen. Des Schlafes bedurfte sie kaum. Was sie sprach, klang feindselig und verworren. Einmal nahm sie Petrarcas Sonette zur Hand und las; plötzlich schleuderte sie das Buch, von Wut, Gram und Haß überwältigt, weit weg, hob es wieder auf, riß es in Fetzen und zerstampfte, was davon übrig war, mit den Füßen. Ihre Ruhelosigkeit erregte den Schrecken aller Bewohner des Palastes; selbst ihr Beichtvater hatte Angst vor den lodernden Augen. Wenn alles schlief, ging sie mit der Kerze langsam durch ihr Zimmer, doch schritt sie nie durch die Mitte des Raumes, sondern an den Wänden entlang. Und ihr bloßer Hals leuchtete über dem dunklen Kleid wie der Stengel einer Blume, die sich vor dem Sturme senkt.

Es ereignete sich nun, daß eine schöne Portugiesin an den Hof zu Burgos kam, deren Name Benigna von Latiloe war. Sie wohnte im Hause Don Inigos de Stuniga, dort sah sie auch den Herzog zum ersten Mal und sie geriet in solche Liebe zu ihm, daß alle, die zugegen waren, es sogleich merkten. Philipp jedoch verhielt sich kühl, trotzdem die Dame von bezaubernder Anmut war und auch einigen Geist besaß. Bei späteren Begegnungen wich er um so weniger von seinem höflichen, aber gemessenen Betragen ab, als ihm der Eifer Donna Benignas lästig zu werden begann und ihre Nachstellung den Stoff des öffentlichen Geredes bildete. Wäre sie geschickt und kokett genug gewesen, seine Eroberungslust zu reizen, so wäre sie vielleicht Gunstfräulein geworden, denn andere, die sich nicht solcher Gaben rühmen konnten wie sie, wurden dieses Vorzugs leicht zuteil; ihr schlug es fehl. Die Aufrichtigkeit ihrer Leidenschaft war zu groß.

Das Unheil wollte es, daß der Ritter Franz von Kastilalt, der noch immer der unzertrennliche Begleiter Don Philipps war, sich mit ebensolcher Heftigkeit in die schöne Portugiesin verliebte, wie diese in den Herzog. Er fand aber kein Gehör, und seine ungestümen Bemühungen machten ihn bloß zum Gegenstand des Abscheus für das Fräulein. Als er sah, daß ein Glück, welches Philipp gleichgültig verschmähte, ihm verwehrt sein sollte, wurde er von tödlichem Haß erfüllt, nicht nur gegen Donna Benigna, sondern auch gegen seinen Herrn, und seiner tückischen Gemütsart entsprechend, sann er darauf, an beiden sich zu rächen. Häufig war er Helfer und Anstifter bei den Liebesabenteuern Philipps gewesen. Er wußte, daß dieser mit ängstlicher Sorgsamkeit darüber wachte, sein Treiben vor Donna Johanna geheim zu halten und nur auf Schleichwegen den leichtsinnigen Neigungen fröhnte. Wie alle war auch Ritter Kastilalt davon überzeugt, daß die Infantin mit unsichtbaren Mächten im Bündnis sei, und er beschloß, den Herzog und Donna Benigna bei Johanna zu verraten, als ob sie in verbotener Beziehung ständen. Zu diesem Zweck wußte er sich die Briefe anzueignen, welche die Portugiesin fast täglich an Philipp sandte, und wählte diejenigen aus, deren hingebender und zärtlicher Ton wohl darauf schließen lassen konnte, daß die Anklage des Ritters auf Wahrheit beruhe.

Er ließ sich bei der Infantin melden, gab sich ein demütig-ergebenes Ansehen, als ob ihm auf der Welt nichts im Sinn läge, als das Wohl der Herzogin und als ob ihn sein Gewissen der Ruhe beraubt und ihn endlich gezwungen habe, sich der Last des Verschweigens zu entledigen. Darnach brachte er das Gespinnst ans Licht, das er in seinem schwarzen Innern gewoben, gab die Briefe Donna Benignas zum Beleg und ging wieder, seiner Sache keineswegs versichert, denn die Infantin hatte ihn mit unbewegter Miene angehört und kein einziges Wort gesprochen. Ehe noch der Stein seinem Auge entschwunden war, den er so ränkevoll den Abhang hinunter gerollt, nisteten sich schon Angst und Reue bei ihm ein.

Als der Ritter fort war, preßte Donna Johanna ihre beiden Hände gegen die Brust, schritt zu dem hohen Spiegel, der zwischen zwei Halbsäulen aus gelbem Marmor hing, und betrachtete mit großer Aufmerksamkeit ihr Gesicht. Im Zimmer befand sich niemand als Donna Gregoria und diese verfolgte das Tun ihrer Herrin bang und lautlos.

Endlich rief Johanna, ohne sich zu rühren, mit klarer Stimme in den Spiegel hinein: »Gregoria!« – »Was befehlt Ihr, edle Dame?« antwortete diese zitternd. – »Er muß sterben, Gregoria«, sagte die Infantin. Donna Gregoria schwieg. »Hörst du, Gregoria, er muß sterben«, wiederholte Johanna, und das letzte Wort erstickte in einem schnelleren Atemzug, während die Hände, wie leblos geworden, von der Brust heruntersanken. Und Donna Gregoria hauchte kaum vernehmlich: »Ja, edle Donna«. Dann näherte sie sich der Infantin, fiel auf die Kniee und lehnte die eiskalte Stirn gegen Johannas starre Hand. Johanna beugte sich herab, weit, mit Anstrengung beugte sie sich nieder und flüsterte ins Ohr der Dienerin.

Es lebte ein Verwandter von Donna Gregoria am Hof, ein Edelknabe namens Morales, und dieser war Donna Gregoria mit Leib und Seele zugetan. Sie sprach mit ihm noch am selben Abend und sagte ihm, er könne an einem Bach bei Murcia gewisse Kräuter finden und fertigte ihm auch eine Liste von den Kräutern an. Morales reiste fort, sammelte die Kräuter und ritt damit nach Molina in Arragon zu einem Apotheker, den er kannte. In seiner Wohnung destillierte der Apotheker den Saft aus den Kräutern und zum Beweis, wie furchtbar das entstandene Gift sei, gab er einen Tropfen davon einem Hahn ein, der sogleich verendete.

Einige Tage darauf gab der Herzog in einem Haus bei Burgos, welches Cordon genannt wurde und damals dem Grafen Punon-Rostro gehörte, mehreren Granden des Landes ein Essen. Die Ordnung für die Mahlzeit war diese: sobald man von der Mittelhalle ins Haus trat, fand man im ersten Saal zwei Schenktische, einen für die Speisen und einen für den Wein. Links davon war der Speisesaal, dessen Fenster aufs freie Feld gingen. Zwischen beiden Räumen war ein enger Durchgang. Während getafelt wurde, verstand Morales es so einzurichten, daß, so oft Don Philipp zu trinken verlangte, kein anderer als er ihm den Wein brachte. Dreimal reichte er ihm den Becher; vor dem dritten Mal schüttete er in jenem dunklen Korridor heimlich und schnell das Gift hinein. Es war ungefähr soviel als eine Nußschale gefüllt hätte.

Wenige Minuten darauf fühlte sich der Herzog krank. Er ging hinaus, indes die Herren ahnungslos sitzen blieben um zu spielen. Eine halbe Stunde nachher rief sie der Haushofmeister in großem Schrecken, denn Philipp lag bereits im Fieber. Er wurde eilends nach der Stadt geschafft, es ward aber späte Nacht, ehe sie ankamen und die Ärzte erschienen. Gleich hernach verstarb er unter gräßlichen Schmerzen.

Don Gotor begab sich zur Infantin. Er glaubte sie noch schlafend und weckte die Diener und Kammerfrauen. Da erschien Donna Gregoria und führte ihn schweigend in einen Saal, wo Johanna vor einem Kohlenbecken saß. Mit einem Gesicht, starr und fahl wie Eisen, berichtete der Arzt in sonderbar gemessener Form den Tod seines Herrn. Das Auge der Infantin wandte sich langsam der regungslosen Gestalt des Greises zu, dessen Blick furchtlos und brennend dem ihren begegnete. Doch wie der Schwamm von einer Faust wurden Johannas Züge von Ekstase zusammengepreßt, es zog ein Freudenschimmer darüber hin, und die Beine, der ganze Leib streckten sich wie im Bade.

Der Leichnam war begraben. Böses Gerede schwirrte über der Gruft und erstickte wieder in abergläubischer Furcht. Als einst mehrere Edelleute auf dem Hauptplatze standen und ungescheut die Vermutung aussprachen, daß Philipp durch Mörderhand umgekommen sei, erschütterte ein Erdbeben die Stadt, die Fenster des Rathauses zerbrachen und die erschreckt Flüchtenden sahen die Türme der Kirchen wanken. Der Herr von Mingoval, hochbetrauter Oberstallmeister, wollte währenddem die Infantin mit fliegenden Haaren auf dem Dach des Palastes bemerkt haben, wo sie einen weißen Zauberstab schwang.

Es fiel auf, daß Donna Gregoria ihren Abschied nahm und sich auf einen Ruhesitz bei Barcelona begab. Der Ritter Franz von Kastilalt floh übers Gebirge und nahm Dienste beim König von Frankreich. Der Edelknabe Morales wurde nächtlicherweile von einem betrunkenen Söldner erstochen. Donna Benigna kehrte in ihre Heimat zurück und nahm den Schleier.

Die Infantin lebte in hohen Gemächern voll gläserner Luft. Ihre Frauen mieden sie, die Diener jeglicher Art fürchteten sie. Es war später Herbst, der Sturmwind rüttelte an den Mauern des Schlosses. Welche Unruhe in Johannas Herz! Trat jemand unerwartet vor sie hin, so erschrak sie und ihr angstvoll fragendes Auge zeigte den matten Glanz der Schlaflosen. Bisweilen war ihr Gesicht in rätselhafter Zärtlichkeit wie gegen eine unsichtbare Gestalt gerichtet und die Hand krümmte sich gleich einem dürren Blatt, das sich zusammenrollt, bevor es Winter wird.

Bei der Tafel saß sie still und in sich gekehrt und berührte selten eine Schüssel. Einmal lief ein Sonnenstrahl, durch eine Kristallvase zerteilt, als siebenfarbige Brücke durch den Raum, bis er ihre Hand erreichte und dem Flügel eines Insektes ähnlich geheimnisvoll auf-und abzitterte. Da sprang sie empor und schluchzte laut. Ihr war wie einem, der ein schönes Bild von der Wand gerissen hat; nun strömt Finsternis und Grauen von der Stelle aus, die vorher so freundlich geschmückt war.

In Philipps Zimmern konnte sie ein wenig Frieden finden, trotzdem alle Gegenstände zu fragen schienen: wo ist Philipp? Sie erwiderte in ihrem Innern, um sich und die Dinge zu besänftigen: er ist verreist, er kommt wieder. Und sie behängte sich manchmal für die Stunde seiner Wiederkunft mit Edelsteinen und schönen Kleidern. Als einst Frau von Dutselle fragte: »Warum schmückt Ihr Euch wie zum Balle, Fürstin, derweil Ihr doch Trauer um Don Philipp tragen solltet?« Da erwiderte sie mit dem Aufseufzen eines von Träumen gequälten Kindes: »Ich schmücke mich, weil ich auf Philipp warte.«

Sie schmückte auch sein Zimmer mit Blumen und legte einen Teppich über die Schwelle. Aus den Truhen holte sie seine Waffenkleider und küßte die goldenen Ketten, Armspangen und Fingerringe. In seinem Bett spürte sie mit ihrer flachen Hand die Wärme seines Körpers und an seinem Tisch saß sie an demselben Platz, wo er gesessen. Dabei erstaunte sie, daß alles so war, wie es war, daß die Sonne schien, daß es Abend werden konnte und wieder Morgen.

Es war an einem Novembertag, als sie einige von den Dienern rief und an ihrer Spitze durch das nördliche Tor gegen Millaflores ritt. In der Kartause zu Millaflores lag Herzog Philipp begraben. Die erschrockenen Mönche mußten das Tor aufsperren, sodann ließ sie den Stein vom Gruftgewölbe nehmen und den Sarg herausheben und öffnen. Alle waren gerührt beim Anblick der wohlerhaltenen Züge ihres Herrn. Das Gesicht schien länger, die Züge ernster.

Ein düsteres Lächeln bewegte den Mund der Infantin. Der Pater Guardian meinte später, sie habe gelächelt, weil der Teufel sie, wie er deutlich wahrgenommen, am Ohr gekitzelt habe. Johanna gebot allen, sich zu entfernen, – unwidersprechlicher als das Wort war ihr Blick – und als sie allein war, kniete sie hin, kreuzte die Hände hoch über der Brust, so daß die Daumen schier den Hals umschlossen und fing an zu beten. Doch unversehens. und während ihre Lippen noch mit Gott verkehrten, verlor sie die Demut aus der Brust, es war, wie wenn ein Opfer plötzlich von unheiligen Fingern entwendet würde, das Gebet verwandelte sich zur Forderung, und die Arme streckten sich aus, nicht um zu erflehen, sondern um zu empfangen und die Stirne leuchtete wie von Bereitschaft und der Leib zitterte und bebte gleichwie in den Wehen der Geburt, und Atem, Gebärde, Pulsschlag, alles schrie: Gib mir Philipp wieder!

Darauf schien ein Hauch durch die Luft der Kapelle zu gleiten und Johanna spürte, daß ein süßes Jasagen die Wölbung erfüllte. Sie sprang empor. Sie rief die Leute. Des Einspruchs der Mönche nicht achtend, ließ sie den balsamierten Leichnam auf eine Bahre heben. Sie wurde ganz Antrieb, peitschte die Träger förmlich vorwärts und blieb unbewegt und blickte nicht zurück, da jene schauderten, weil die Mönche unter dem Tor standen und wehklagten. Es wurde Nacht, der Boden war aufgeweicht, sie verloren den Weg; Johanna hieß die Männer rasten und schickte einen Diener voraus, um Fackeln zu holen. Im Regen ging sie ruhelos hin und her, das Kleid emporgerafft, den Schritt von qualvoller Ungeduld bald bekämpft, bald befeuert, und als endlich eine Fackelflamme in der sturmdurchwühlten Dunkelheit aufloderte, schrie sie jubelnd, so daß die am Gehölz lautlos wartenden Begleiter erbleichten.

Im Palast angelangt, bekleidete sie den Körper Philipps mit einem prachtvollen Gewand aus Silberschuppen, ließ ihn in einen gläsernen Sarg legen, der oben und an der Seite zu öffnen war, und ließ den Sarg in ihrem Schlafgemach neben dem Bett aufstellen. Unverwandten Auges betrachtete sie die edel hingegossene Gestalt, an der sich jede Form im geheimen von selbst vollendet zu haben schien. Es war kein Jüngling mehr, sondern ein Mann und ein König.

Kein weibliches Geschöpf durfte den Raum betreten, auf den Gängen und in den Nebengemächern durfte keine Stimme laut werden. Johanna war es, als sei vor allem die große Stille auch von außen erforderlich, die in Philipps Antlitz so tief innen wohnte, sei notwendig, damit sie in diese Stille eintauchen könne, wach und lauschend, um ihre Ursache und ihr Wesen zu ergründen, in einem begnadeten Augenblick das ungeheure Rätsel zu lösen, und dann den Funken in der triumphierenden Hand zu halten, der das Auge wieder mit Leben zu speisen vermochte. Und so beugte sie sich immer wieder über den Leichnam, wie sich der Habgierige über einen Schacht beugt, worin rote Klumpen Goldes funkeln, angeschmiedet und verwachsen an die gewaltige Erde.

Schon am zweiten Tag erschien der Bischof und befahl der Infantin, die Leiche wieder zu bestatten. Johanna weigerte sich dessen und wies endlich, rasend vor Angst, daß man sie des toten Gemahls berauben könne, den Kirchenherrn aus dem Palast. Die Folge war, daß die Dominikaner den Pöbel aufregten und verlauten ließen, der unbegrabene Leichnam mache das Glück vom Lande abspenstig, der Wein müsse verderben und die Ernte mißraten. Indes die Räte beratschlagten, wie man der Gefahr steuern könne, die das Land bedrohte, erschien vor der Infantin ein wunderlicher Mönch, der Bruder Alonso de Jesu Maria, der viele Jahre in einer Einöde der Estremadura nur seinen göttlichen Visionen gelebt hatte und für einen Propheten galt.

Eines Tages erschallte großer Lärm aus der Vorhalle, und als die Herzogin zornig und befremdet heraustrat, schwiegen alle bis auf einen halbnackten bleichen Fremdling, der sich in

Anrufungen und Verwünschungen erging, weil Diener und Wachen ihm den Eintritt verwehrten. Dies war der Bruder Alonso, ein noch junger bartloser Mensch, verwüstet durch Askese, hager wie ein Pfahl, beredt wie ein Trunkener, feurig wie ein Verliebter. Diesem armseligsten der Geschöpfe lieh Johanna das Ohr, so vielleicht zum ersten Mal dem Zuspruch eines Andern untertan.

Er begann damit, daß er der Infantin von einem König erzählte, welcher nach der Zeit von sieben Jahren aus dem Tod wieder zum Leben aufgestanden sei. Auch mit Philipp werde ein gleiches geschehen, wenn die keusche Liebe Johannas und ihr unerschütterlicher Wille jeden eigenen Schmerz vergesse, keine selbstische Lust mehr begehre, sondern einzig dem Gedanken der Wiedererweckung hingegeben sei. Dies daure sieben Jahre; denn sieben sei die heilige Zahl der Bibel. In sieben Jahren erneure sich das Feuer der Sterne und des Mondes; nach sieben Jahren zerschelle immer wieder dieselbe Woge am Strand; nach sieben Jahren grüne der Baum des Lebens und siebenfach geteilt sei seine Wurzel.

Als sie solches vernahm, kniete die Infantin nieder, beugte das Haupt tief vor dem Bruder Alonso und berührte mit den Lippen den Saum seines Kleides. Sie bewirtete den Mönch und beschenkte ihn, aber sie redete nicht mit ihm und allmählich wurde dem Heiligen beklommen zumut in ihrer Nähe und er machte sich unter einem schicklichen Vorwand davon. Johanna sah ihn ohne Teilnahme scheiden. Sie empfand das Leben der Lebendigen nicht mehr; dem eigenen Körper entfremdet, begriff sie auch von den Menschen nichts als die Gestalt und ein schattenhaft-spielendes Hin und Her, alles Licht der Welt sammelte sich am Sarge Philipps und je weiter der Fuß sich davon entfernte, je finsterer wurde der Raum. Doch wenn sie an der Seite des Toten kauerte und wieder wie einst seinen Blick zu erhaschen, sein Auge aufzugraben suchte und ihn doch fester hielt als ehedem, wo er auf lautlosem Waller durch Nebel glitt, da sehnte sie sich nach einem Zeugnis seiner Gegenwart, nach irgend einem Laut aus dem Innern dieser starren Hülle und sie verfiel auf einen absonderlichen Einfall.

Es lebte in Burgos ein brabantischer Uhrmacher mit Namen Symon Longin, ein Mann von großer Geschicklichkeit in seinem Fach. Don Philipp, der viel Vergnügen an Uhren gehabt und manche müßige Stunde damit verkürzt hatte, ein feingefügtes Werk behutsam auseinanderzulegen, hatte den Meister in hoher Schätzung gehalten. Die Infantin ließ ihn kommen und erteilte ihm einen Auftrag, der Herrn Symon sehr in Verlegenheit setzte und ihm viel Kopfzerbrechen machte. Er sollte nämlich ein Werk anfertigen, das man in die Brust des Leichnams schließen könne und das den Schlag eines lebenden Herzens nachzuahmen vermöchte. Nach einigem Besinnen versprach Symon Longin, sein Bestes zu tun und die Infantin stellte ihm eine Belohnung von zweitausend Dublonen in Aussicht.

Nach Verlauf zweier Wochen brachte der Meister das kunstreiche Pendelwerk. Der Rücken der Leiche wurde aufgeschnitten und der Mechanismus in die linke Seite der Brust geschoben. Unter der Schulter war ein Stift mit einer Drehscheibe angebracht, vermittelst deren das Werk in Gang zu setzen war, wenn es nach vierundzwanzig Stunden ablief. Als Johanna zum ersten Mal ihr Ohr auf das Kleid des Toten legte und den wundersam dumpfen Schlag vernahm, schloß sie die Augen, als lausche sie der Musik von Engelchören. Die halbe Nacht lang lag sie und horchte; die linke Hand hielt sie ans eigne Herz gepreßt und hatte ein seliges Gefühl des Gleichklangs, wenn dessen natürliches Pochen mit jenem künstlichen in denselben Pausen erfolgte.

Die Sache sprach sich herum und steigerte das Entsetzen vor der Infantin immer mehr. Sie mußte darauf sinnen, dem allgemeinen Drängen zu entfliehen und sagte denen, die sie um Bestattung des Leichnams bestürmten, sie wolle den Körper des Herzogs nach seiner Heimat bringen und ihn im Dome von Sankt Stephan beisetzen. Damit waren Philipps Landsleute einverstanden, und sie schufen eine kleine Partei zugunsten der Herrin. Johanna hielt Auswahl unter den Dienern, und wenige, die treu, aber viele die habsüchtig waren, – denn sie achtete des Geldes nicht – boten sich aus freien Stücken an, mitzuziehen, wohin sie wolle. Auch warb sie an hundert Söldner zu hohem Lohn und ließ Pferde und Maultiere herbeischaffen.

So gerüstet, begab sie sich auf die Reise. Es war eine Wettfahrt mit der Zeit oder als wolle sie die Zeit zu größerer Eile reizen. Der Worte des Mönchs blieb sie eingedenk zu jeder Stunde.

Am Tag der heiligen Katharina, vor Anbruch der Nacht verließ die Infantin Burgos, zog bis in die arragonischen Berge, kam am Morgen bei heftigem Unwetter vor das Schloß Armedilla, und schon in der nächsten Nacht ging es weiter: nach Olmedo, nach Escalona und San Francisco, von Dorf zu Dorf über die unwirtlichen Hochtäler nach Norden.

Vier Maultiere trugen den Sarg, vierundzwanzig Männer mit Fackeln in den Händen ritten ihm zur Seite. Schrecklich war das Aussehen dieser Männer, ihre Gesichter waren kohlschwarz vom Flammenruß. An vielen Orten verkrochen sich die Menschen beim Anblick des schauerlichen Zuges. Auch unter Johannas eigenen Leuten verbreitete sich eine düster-ahnungsvolle Stimmung, und einige ergriffen heimlich die Flucht. Andere sagten, sie wollten eine Stadt beschauen, gingen und kehrten nicht wieder.

Vor dem Sarge ritt ein Fahnenträger mit einem schwarzen, für die Augen durchlöcherten Tuch vor dem Gesicht. Auf der Fahne brannte in goldenen Buchstaben das Wort Nondum, noch nicht.

Bei Tag gewährten die Hütten der Bauern, die Häuser der Herren Rast und Aufenthalt. Johanna bevorzugte die Orte in der Ebene, wo ihr Blick die Fernen fassen konnte, ehe sie sich zu kurzem Schlaf neben Philipp bettete. Sie liebte nicht Blumen in ihrer Nähe, aus Furcht, daß dann ein flüchtiges Vergessen ihre Sinne kraftloser machen könnte. Sie gab kein Ziel an, denn so erschien es ihr, als ob Philipp Richtung und Weg befehle. Nach Osten, Westen oder Norden zu ziehen galt ihr gleich, wenn nur die Tage hinabflossen zur Zukunft. Während die Welt an ihr verschlossenes Ohr vergebens pochte, sammelte sie in ihrer Brust Leben. Der Tote war gereinigt von aller Schuld, sie selbst hatte für ihn die Verantwortungen des Daseins übernommen. Im voraus schmückte sie sein Auge mit jener Glut, mit welcher er ihr danken würde für die Freiheit und Leichtigkeit seiner Seele. Einst hatte sie Ungeheures gewollt, ihr anmaßender Traum hatte von ihm verlangt, daß er einem Gott gleich sei; jetzt wollte sie nichts weiter als einen Menschen und sie schmachtete um den leersten seiner Blicke und die knabenhafteste seiner Gebärden, so wie er einmal um sie geschmachtet hatte auf dem Krankenlager der Sinnenliebe. Der blaue Himmel war ihr nichts, sie mußte erst die Bläue von Philipps Auge darin sehen, der süße Duft burgundischer Gärten nichts, außer er schien Hauch aus seinem Munde, kein Schmerz war außer dem seinen um das frühverlorene Leben, kein Ding war betrachtenswert außer dem erstarrten Leichenantlitz.

Unter ihren Begleitern war ein Mann, der ihr tief im Herzen ergeben war. Er hieß Jan Dalaunes und war ein ehemaliger Falkner, dem bei einer Jagd ein Auge ausgeschossen worden. Seitdem hatte er sich der Dichtkunst gewidmet, wobei ihn seine melancholische Gemütsart unterstützte, und er schrieb auch Stücke geistlichen Inhalts. Er wußte von Johannas ehern umschlossenen Mienen die Müdigkeit abzulesen, die sie sich selbst verhehlte, und er wurde zum kühnen Redner, wenn es galt, die immer rege Widerspenstigkeit der Söldner zu besänftigen. Das nächtlich lautlose Wandern mit einer Leiche, in deren Brust ein Räderwerk den Schlag des Lebens nachahmte, verdüsterte den Geist der Leute. Kam es doch vor, daß rauhe, kriegsgewohnte Burschen von Krämpfen befallen wurden, wenn mitternächtiger Sturm die Bäume bog, oder daß sie schrieen wie Besessene, wenn das Irrlicht übers Moor tanzte und der Mond grünliche Schleier auf den Felsen spann. Sie atmeten auf, sowie der erste Morgenschein den Osten färbte, und als sie nach Monaten ins flandrische Gebiet kamen, verließen sie den Dienst der Infantin.

Jan Dalaunes überredete die Herrin, in der Stadt Gent zu verweilen. Er trug dabei in seinem stillen Sinn die Hoffnung, daß sie nach ihrem Sohn Carlos Verlangen haben würde und durch seinen Anblick von der unergründlichen Schwermut geheilt zu werden vermöchte. Doch seine Rechnung ging fehl. Als der Graf von Croy, der ihr Wohnung in seinem Palast angeboten hatte, vor ihr erschien und sie fragte, ob sie den jungen Prinzen zu sehen begehre, da zuckte es auf in Johannas Gesicht, wie wenn eine Fackel durch einen finstern Raum fällt. Dann aber entgegnete sie kopfschüttelnd und mit kaltem Ausdruck, sie wolle Don Carlos nicht sehen. Die Worte des Mönchs erhoben sich wie Wächter in ihrem Innern, wenngleich sie ihrer nur als Formel gegen die feindlich andringende Welt bedurfte.

Sie schloß sich in ihre Gemächer ein, um nichts zu sehen, als ihren Toten, nichts zu hören als das täuschungsvolle Klopfen des Uhrwerks. Ja, zwischen Täuschung und Vision lag sie in einem Krampf, der halb Schmerz und halb Lust war. Sie mußte Weib sein, um Philipp zu lieben, Mann, um ihn noch einmal zu zeugen und Mutter, um ihn noch einmal zu gebären. Sie mußte in diesem fertigen Leib Kindheit und Jugend wiedererschaffen, das erwachende Auge mit allen Erinnerungen füllen, nichts von dem vergessen, was solch ein königliches Leben hält und trägt; daher mußte sie auch er selbst werden, damit Einheit entstehe zwischen dem Philipp von einst und dem der Zukunft und, wie alle Schuld, auch der grauenvolle Zustand des Nichtseins ausgelöscht werde aus seinem Geist. Dies zu vollbringen, still, allein, den Menschen unverständlich, ja scheinbar auch Gott zuwiderhandelnd, forderte übermenschliche Anspannung und mußte das Blut in unaufhörlichem Fieberlauf durch die Adern treiben.

Frühling, Sommer und Herbst verflossen zum zweiten Mal. In dieser Zeit war der junge König Karl sehr krank gewesen. Einst war er nämlich des Nachts aufgeweckt worden, um eine angekommene Depesche von geringer Wichtigkeit zu lesen. Sein Gouverneur, der ihn nach römischen Grundsätzen erzog, hielt unerbittlich darauf, daß er sich trotz seiner großen Jugend an die Geschäfte gewöhne. Als der Knabe durch einen dunklen Korridor in ein Zimmer gelangte, in welchem nur eine matte Ampel brannte, hielt er still, da er sich verirrt zu haben glaubte und belauschte ohne zu wollen das Gespräch zweier Diener, die in einer Nische kauerten.

»Wißt Ihr denn, daß die spanische Königin hier ist?« fragte der eine, schläfrig gähnend. Und der andere erwiderte: »So? ist die hier? ich wußt es nicht.« Darauf der erste: »Es ist die Mutter unsres jungen Herrn. Ein schlechtes Weib.« Und wieder der andere: »Warum lebt sie nicht beim Sohn?« – »Das böse Gewissen ist schuld,« flüsterte der erste, »hat sie doch ihren Herrn und Gemahl mit Gift vergeben.«

Ein leiser Schrei unterbrach die Erschreckenden. Der Knabe war zu Boden gestürzt. Er mußte fortgetragen werden und lag lange darnieder.

Viele Wochen später gab der Graf von Croy ein großes Maskenfest, welches drei Tage währte. Die Musik und das Lachen der Gäste tönte bis in die Zimmer der Infantin. Als Jan Dalaunes vor seiner Herrin erschien, entsetzte er sich, denn so durchwühlt und erregt hatte er sie niemals gesehen. Sie raste durch den Raum, immer querüber von Ecke zu Ecke und hielt die Hände gegen die Ohren gepreßt. Offenbar war das Spiel der Flöten und Geigen daran schuld. Der Falkner ging hinaus, beriet mit dem Kastilianer Antonio Vacca, was zu tun sei, dann kehrten beide zurück und Jan Dalaunes schlug der Infantin vor, ihm in den Luxemburger Palast zu folgen, der nur wenige Straßen entfernt lag. Johanna, qualvoll bedrängt, hatte nicht übel Lust, zu willfahren. Doch näherte sie sich zuerst der Leiche Philipps, beugte sich nieder, umschlang den Toten, wisperte in sein Ohr, küßte die wächserne Stirn, lächelte beschwichtigend wie eine Mutter, wenn sie den Säugling verlassen muß, wandte sich endlich mit fahl glänzenden Augen zu den beiden Männern und sagte heiteren Tones: »Er fängt schon an zu träumen.«

Dann ging sie, tief in sich gekehrt. Und so, nach innen webend, schritt sie im Luxemburger Palast über einen von Dämmerlicht erfüllten Flur, als plötzlich der Kastilianer vor der offenen Türe eines Saales stehen blieb und lächelnd den Arm ausstreckte. Vor einem länglichen Tisch stand ein feister Mann im Samthabit und mit weißer Halskrause und neben ihm, ein Buch in der Hand, saß ein Knabe von etwa zehn Jahren.

Donna Johanna hob langsam die schweren Augenlider und starrte hinein. Durch die Marienglasscheiben der schmalgebogenen Fenster fiel ein gelblicher Perlenschein in den stillen Raum. »Wer ist der Knabe?« fragte Johanna beklommen. Antonio Vacca antwortete mit demselben diensteifrigen Lächeln: »Es ist Euer Sohn Karl, edle Donna, und der würdige Herr Cernio ist mit ihm, der beste Grammatikus weit und breit. Ich selbst habe die Ehre, seine Hoheit in den Rechtswissenschaften zu belehren.«

Flüsternd trat der Kastilianer an den Tisch. Der Knabe erhob sich und schritt gravitätisch zur Schwelle. Dann stand er vor seiner Mutter: regungslos, schmalen Antlitzes, bleich, schweigend und schwermütig.

Ein Laut drängte sich auf Johannas Lippen. Ihr war, als seien Brust und Leib mit Feuer angefüllt. Schon wollte sie reden, da gedachte sie noch zu rechter Zeit der Worte des Mönchs: zu vergessen jeden eigenen Schmerz und jede eigene Lust.

Stumm und kühl nickte sie dem Knaben zu, wandte sich ab und ging weiter. Mit tief gesenktem Haupt folgte ihr der treue Falkner Jan Dalaunes.

Drei Tage später verließ Donna Johanna die flandrische Stadt und zog mit neugeworbenen Söldnern den Rhein hinauf gegen Köln und Mainz und über Franken an die Donau und weiter, wochen-und monatelang, Sommer und Winter hindurch, manchmal bei Tage und öfter bei Nacht. Da und dort nahm sie Aufenthalt; in Regensburg blieb sie acht Monate, in Landshut sechs, in Augsburg fünf. An den Hof des Kaisers zu gehen wagte sie nicht. Die Schlösser der Edelleute gaben ihr gute Unterkunft, denn es war bekannt, daß sie mit königlichen Geschenken lohnte. Zu Memmingen ließ sie eine Kapelle erbauen und in Ulm eine ganze Kirche. Es war ihr trostreich, in diesem Land der vielen Flüsse, der Berge und der schönen Seen zu weilen; oft schien ihr ein Stück von Philipps Seele in der milden Luft zu ruhen, und wenn der Frühling kam, mußte sie sich mit doppelter Kraft verschließen, um nicht teilzunehmen an dem holden Erwachen der Natur. Sie mied Plätze, wo das Volk in Freudigkeit zusammenströmte, und wenn sich ein Kindergesicht unschuldig-froh ihr zuwandte, schloß sie die Augen. Deswegen liebte sie auch am meisten des Nachts zu reisen, weil da Dinge und Menschen erstarben und die Flammen der Fackeln wie Opferfeuer hinausstrahlten über den Sarg ihres Herrn Liebsten. Empfindungslos gegen Sturm und Regen, weder Mühsal noch Entbehrung scheuend, so trieb sie die Zeit vor sich her wie einen lahmen Hund.

Jahr auf Jahr floß vorüber. Johanna zählte sie nicht im Kalender, sondern maß sie an ihrer Hoffnung. Doch mit der Zeit ist es wunderlich beschaffen: sie hat ein Zeugnis der Wahrheit in sich, das selbst den umschlossensten Sinnen nicht verborgen bleiben kann. Johanna zog einem Bild entgegen, und je mehr sie sich ihm zu nähern gedachte, je mehr schrumpfte es zusammen, und von all den vergeudeten Flammen des Herzens wurde sie nicht reicher, ja, ihr Herz glich endlich der blassen Qualle, die das Meer an den Strand spült, und frierend stand sie da als die letzten Fetzen ihrer Armut von der zuckenden Schulter sanken. Philipp! wer war Philipp? der bloße Name schien zu verfließen, und gab es noch einen Mann auf Erden, der so hieß, so war er sicherlich nur der Schatten seiner selbst. Und obwohl sie das leblose Abbild von Philipps Leib täglich vor sich ruhen sah, verlor sie die Erinnerung an ihn und wußte nicht mehr, wie er aussah und wie er sprach, wußte nicht mehr von der Farbe seiner Augen und der Form seiner Hände und es ward ihr bang und banger, als sie so seinen Namen durch die Länder schleppte, nichts weiter als seinen Namen. Die Finsternis in ihr verlor gleichsam ihre Grenzen, überdeckte Himmel, Erde und Wasser, erfüllte die Schöpfung mit eisiger, bodenloser Trauer.

In den rhätischen Gebirgen erkrankte Jan Dalaunes und blieb in einem Dorf zurück. Erst im Savoyischen holte der ergebene Mann die Herrin wieder ein und kam gerade recht, um die Söldner und Diener zu ermutigen und anzufeuern, als sie sich weigerten, am Abend über einen verschneiten Paß zu wandern.

Es war ein schauriges Unwetter, als sie die Höhen erreichten. Die Vordersten verloren den Weg und sanken tief in den Schnee. Einige blieben ermattet liegen, schliefen ein und erfroren. Die Fackeln verlöschten und zum Glück entdeckte der vorauseilende Jan Dalaunes die Hütte eines Hirten. Da fanden die Zuflucht, die sich noch retten konnten; der Sarg blieb draußen und wurde vom Schnee zugeweht.

Noch in der Nacht erwachte Jan Dalaunes, tastete sich zur Tür des vom schlechten Atem der Schläfer erfüllten Raums und trat hinaus. Angst um die Herrin hatte seinen Schlummer verscheucht.

Der Himmel war klar und die Sterne funkelten in erhabener Pracht und Ruhe. Über einem fernen Schneefeld herauf bog sich die Milchstraße über das dunkelblaue Gewölbe wie erstarrter Rauch. Zwischen zwei mächtigen Felszacken glitzerte grünlich das Eis, gähnten ungeheure Spalten. Bisweilen kam ein schneidend kalter Windstoß und wirbelte den Schnee zu dünnen leuchtenden Säulen empor. Es herrschte ein Schweigen, welches den Atem stocken ließ.

Im unsicheren Licht gewahrte Jan Dalaunes die Herrin. Sie saß auf einem niedrigen Holz-
block, hatte die Arme um die Knie geschlungen und starrte mit gefrorenem Blick in die gewaltige Stille. Sie schien die Kälte nicht zu spüren. Eine Pferdedecke umhüllte ihre Schultern.

»Ihr müsset krank werden, edle Donna,« sagte Jan Dalaunes, indem er sich näherte. Die
Infantin antwortete nicht.

Der Falkner ging ins Haus zurück und klaubte Späne und Reisig zusammen. Dann kam er
wieder und machte auf einer schneefreien Stelle Feuer an. Das Mitleiden mit der Herrin würgte
ihm die Kehle und während er immer neues Holz in die aufprasselnden Flammen warf, war sein
bärtiges Gesicht von Kummer förmlich verwüstet. Es drängten sich Worte auf seine Lippen:
Verse, die er einmal gehört oder gelesen oder geträumt.

»Was sprecht Ihr da?« hörte er auf einmal die dunkle Stimme der Herrin. Ihr Gesicht hatte
sich auf der schneebewehten Decke fremd und düster wie das Antlitz einer Sphinx ihm zu-
gedreht. Er schüttelte befangen den Kopf und kniete vor dem Feuer hin. Nach einer Weile
kehrten die seltsamen Worte traumhaft wallend wieder.

> Wo des Nebels Silberbogen
> über eine Gletscherwand
> groß und feierlich gezogen,
> dort liegt meiner Sehnsucht Land.
>   Sah ich eisige Gestalten,
> schaudernd im gefrornen Strahl
> grünkristallne Kerzen halten;
> tanzen in dem weißen Saal.
>   Sah ich eine, die beklommen
> nur des Mantels Saum bewegt,
> und ihr Herz vom Tisch genommen,
> der den ganzen Himmel trägt.
>   Wie im Schlaf hält sie die schwere
> Purpurkugel sanft empor,
> und es öffnet sich die Sphäre,
> Gottes Arm streckt sich hervor.
>   Er empfängt des Lebens Schale,
> jene aber steht beglückt,
> schaut hinunter zu dem Tale,
> wo ein Knabe Blumen pflückt.

Lautlos wälzte sich eine bläuliche Wolke von Schneestaub heran und entfernte sich wieder.

Da sank Johannas Haupt etwas vorneüber. Wie um es zu halten, schlug sie die Hände vors
Gesicht und gleichzeitig brach sie in ein furchtbares Weinen aus. Es klang wie der dumpfe
Schlag eines Hammers gegen eine hohle Wand. Unwiderstehlich hatte sie der Schmerz um das
eigene Leben, um die eigene vernichtete Seele ergriffen. Es war als sei ihr Herz bis jetzt durch
einen künstlichen Mechanismus in Gang erhalten worden, der nun zu versagen drohte.

Sie fühlte die Kraft der Erinnerung völlig aus ihrer Seele entschwinden, sie spürte nur sich
selbst, nur den eigenen unermeßlichen Jammer, es ergriff sie wie Flammen eines Scheiterhau-
fens, sie schrie und schlug um sich und als eine Wahnsinnige wurde sie von ihren Leuten zu
Tal gebracht.

Der zertrümmerte Sarg mit dem sehr entstellten Leichnam ward erst viele Wochen später
in einem Schneeloch aufgefunden, wo er hinabgestürzt war. Der Herzog von Savoyen ließ die
sterblichen Reste des Fürsten nach Burgos schaffen. In einer Gruft der Kirche San Andrea fand
endlich Philipps Körper seine irdische Ruhe.

Zwischen den Städten Palencia und Valladolid lag in unfruchtbarer Ebene das öde Schloß
Tordesillas. In einem Turm dieses Schlosses lebte die wahnsinnige Infantin. Der Turm war rings

von Wasser umgeben; die Zugbrücke war stets emporgezogen. Auf dem Wasser schwammen Schwäne.

Längst war Johanna Königin von Spanien, freilich nur dem Namen nach. Doch wurden in ihrem Namen alle Regierungshandlungen ausgeübt und die Dekrete gesiegelt. Aber diese Königin herrschte in Wirklichkeit bloß über ein Reich von Katzen. Der treue Jan Dalaunes war Majordom von Tordesillas. Täglich fuhr er auf einem Boot hinüber und sah zu, wenn die Herrin mit den Katzen spielte, als ob es ihre Kinder wären. Jedes der Tiere trug ein buntes Bändchen um den Hals und jedes hatte seinen Namen und seine Würde.

Gleichmäßig flossen die Jahre an Donna Johanna vorüber wie Wasser an einer steinernen Mauer. Lange, viele Jahre. Sie alle fanden die edle Frau versunken in ein Spiel, ja, nur in den kargen Abglanz eines Spiels, in dumpfer Unwissenheit von sich selbst, in niemals erleuchtetem Frieden.

Draußen in der Welt hatte sich mancherlei begeben. Der Knabe Carlos war zum Mann geworden, und die Fürsten hatten ihn zum römischen Kaiser gewählt. Er führte Kriege gegen die Ketzer und warf sie zu Boden. Er war stark in der Tat und stark im Wort. Sein ganzes Leben war ein Krieg: voller Blut, voller List. Heißdrängender Ehrgeiz lockte ihn von Enttäuschung zu Enttäuschung. Sein wahres Gesicht trug er verborgen hinter vielen andern Gesichtern. Er hatte viele Gesichter gegen die Menschen, aber sein Gesicht vor Gott war immer dasselbe: schwermütig und krank.

Einst war er ausgezogen mit einem weißgeschliffenen Schild, auf welchem das Wort strahlte: Nondum, noch nicht. Nachdem die Jahre verflossen waren und er alle Macht in Händen hielt, die einem Menschen gewährt sein kann, da sagte sein müder Verzicht: nicht mehr. Er war ein so gewaltiger Fürst, daß er zwei Weltkugeln im Wappen führen durfte, und seine Leute nannten ihn bloß »den Herrn«. Nichtsdestoweniger schien ihm die Ruhe eines Klosters über alles begehrenswert.

Als er fünfzig Jahre alt war, reiste er nach Santander und zog über Burgos nach Tordesillas.

Eines Tages im Herbst rasselte die Brücke über den Wassergraben und ein ansehnlicher Zug glänzender Herren betrat den halbverfallenen Hof. Der Kaiser allein ging hinauf.

Ungeachtet des sonnigen Tages herrschte im Zimmer Dämmerung; die beklemmende Luft roch nach Weihrauch und Räucher-Essenzen. Inmitten des Raums stand Johannas Bett und auf der morschen Damastdecke lagen Katzen: weiß und schwarz, alt und jung; andere hockten auf dem Sims, andere in einem Winkel oder auf Stühlen.

Donna Johanna hatte sich erhoben. Ihr schmales, fast runzelloses Gesicht mit dem hochgeschwungenen Munde erschien wie aus Holz geschnitzt. Neugierig blickte sie auf die schmächtige Gestalt im schwarzen Barett und mit dem roten, bis auf die Knie reichenden Spaniermantel; verwundert sah sie dies totenblaße, kalte, müde Angesicht.

Mit gravitätischem Schritt näherte sich der Kaiser und indem er sich auf ein Knie niederließ, zitterte die Unterlippe ein wenig und er murmelte: »Euren Segen, Mutter.«

Donna Johanna duckte sich, und als sie die feindurchäderten Lider in krankhafter Erregung noch weiter öffnete, war es, als falle ihr Blick, als halte ihre Wimper noch einmal den ganzen Ernst und die Furchtbarkeit des längst verschwundenen Lebens fest.

Die Zugbrücke rasselte hinauf, und an der Spitze seiner Herren ritt der Kaiser schweigend der untergehenden Sonne zu.

Da verließ auch Donna Johanna ihr Gemach, zum ersten Mal seit langen Jahren. Wie schlafend stieg sie die Turmtreppe empor, bis sie zu einem runden Fensterchen gelangte, das freien Ausblick über die Ebene gab. Hier stand sie und verfolgte mit dem Blick den glänzenden Reiterzug. Als der Horizont, im goldnen Lila schwimmend, das farbige Bild einzufangen drohte, stieg sie eine Treppe höher. Sie gewahrte noch ein paar funkelnde Lanzenspitzen, und ihre dürren Lippen flüsterten: der Kaiser, der Kaiser.

Es dunkelte, und sie stieg herab. Ihr Herz verschnürte sich bang und mit dem letzten Funken des vergehenden Bewußtseins seufzte sie einem ungetrösteten Tod entgegen.

Sara Malcolm

Zu Ende des Jahres siebzehnhundertzweiunddreißig, unter der Regierung König Georgs des Zweiten geschah es, daß der Londoner Nachtwächter bei seinem vierten Rundgang in der Nähe von Templebar ein junges Mädchen leblos auf der Straße liegen sah. Er versuchte die Besinnungslose aufzurichten und zu erwecken, und als seine Bemühungen vergeblich blieben, begab er sich zum Tor des nächsten Hauses und klopfte die Bewohner wach. Bald erschienen einige Mägde der Mistreß Lydia Duncomb. Auch Master John Kerrel, der im zweiten Stock dieses Hauses sein Quartier hatte und zu der späten Stunde erst vom Wirtshaus heimkehrte, gesellte sich der Gruppe hinzu, die alsbald die Ohnmächtige umstand. Sie schien den Ärmsten der Armen anzugehören; abgerissene und schmutzige Gewänder hingen um den vermagerten Körper, der graue Wollrock bedeckte kaum noch die Knie, das Haar, von jener kupfrigen Farbe, wie es viele Wanderinnen haben, war vom Straßenschmutz besudelt und hing aufgelöst um den Kopf und um die Schultern. Auch ein wenig Blut klebte daran, und man entdeckte beim Nachsehen eine Riß- oder Schlagwunde am Arm, etwas unterhalb der Schulter.

Master John Kerrel, ein Mann, der alle Schlupfwinkel der Stadt kannte und sich auf die Menschenarten Londons verstand, erklärte, das Mädchen gehöre wahrscheinlich zu den Wäscherinnen von Temple. Indessen trug man die Leblose ins Haus; der Nachtwächter leuchtete mit seiner Laterne voran. Mistreß Duncomb, eine Greisin von fünfundsiebzig Jahren, war von dem Tumult erwacht und kam in den Flur. Sie ließ die Verwundete in die Küche tragen und befahl, ihr ein Lager neben dem Herd zu bereiten; dann holte sie ein Stück Linnen und war behilflich, den verletzten Arm einzubinden.

Am Morgen war das unbekannte Mädchen noch immer nicht aus der Betäubung erwacht. Augen und Mund waren fest geschlossen, der Leib war ohne Merkmal des tätigen Atems. Es wurde über die Straße nach dem Doktor Rush geschickt; als er kam und sah, daß er seine Kunst an ein armseliges Dirnlein verschwenden sollte, zuckte er die Achseln und verordnete einen Aderlaß, ohne die Wunde am Arm zu bedenken, durch die schon genug Lebenssaft entflossen war. Das Rezept blieb wirkungslos; es verging der ganze Tag und die Fremde lag da wie in der ersten Stunde; man hatte nichts über sie erfahren können, nicht, woher sie kam, wie sie hieß und durch welche Umstände sie ums Leben gekommen war, – denn allmählich durfte man annehmen, daß es mit dem Kind vorüber sei und nichts mehr anderes zu geschehen habe, als für die geheimnisvoll Hingegangene ein Grab zu besorgen. Die Hausbewohner waren lebhaft erregt durch den Vorfall. John Kerrels Freund und Zimmerkamerad, Master John Gehagan, der in der vergangenen Nacht zu früher Zeit heimgekehrt war, wollte gegen ein Uhr ein heftiges Geschrei aus der Richtung von St. James gehört haben, aber dadurch war nichts erklärt. John Gehagan ging hinunter in Mistreß Duncombs Küche, besichtigte das regungslose Mädchen mit dem Mißtrauen eines Menschen, der alle Tücken und Schliche des Bettelvolks kennt und gab den Rat, man solle der Person einen Blasebalg unter die Nase führen oder ihre Fußsohlen mit glühendem Eisen kitzeln. Trotzdem betrachtete er nicht ohne Erbarmen die kindlich schmale Gestalt, aus der das Leben unmerkbar zu fließen schien wie Wasser aus der hohlen Hand.

Die Dunkelheit war schon angebrochen, da begann plötzlich die Ohnmächtige sichtbar zu atmen. Nur die Zofe und das Laufmädchen waren in der Küche, und jene rief sogleich ihre Herrin. Als Mistreß Duncomb an das Lager trat, blieb sie voll tiefen Staunens wie angewurzelt stehen. Sie blickte in ein Gesicht, das von aller irdischen Qual gelöst war. Ein sanftes Lächeln hatte sich über den Mund gebreitet und, gleichsam von innen heraus, die Lippen auseinandergedrängt. Zweifellos umfing ein Traum die gefesselten Sinne und erschloß ihnen das Tor zu einem Land der Wunder und des Glücks. Es war, als ob die Schläferin Engelstimmen höre, denn sie schien zu horchen; es war, als ob ein göttliches Wesen ihr nahe sei und die Last gefürchteter Leiden von ihrem Herzen hebe, denn sie schien zu sehen und auf ihrer Stirne lag es wie ein Schimmer von Dankbarkeit und Erleichterung. Die übrigen Mägde, die sich nach und nach einfanden, umgaben verwundert das Bett. Das Lächeln der Träumerin faßte jede einzelne tief an in ihrem Innern. Andächtig standen sie, die Hände über den weißen holländischen Schürzen gefaltet, und blickten in das Feuer dieses Traums, bis ihre Augen glänzten und sie etwas wie Unzufriedenheit mit den Zuständen dieser Welt und ihres eigenen Daseins verspürten. Schließlich begann eine der Letztgekommenen laut zu beten, und davon erwachte das Mädchen aus ihrem Todesschlaf und öffnete die Augen.

Da war es nun wieder ein Gesicht wie alle Gesichter oder wenigstens wie viele; die Fremdheit sank von ihm herunter, und die Weiber, die im Kreis standen, fühlten sich beschämt und geärgert. Man wollte den Namen einer so seltsam sich gebärdenden Person wissen, und sie gab bereitwillig Auskunft, daß sie Sara Malcolm heiße. Sonst war nichts aus ihr herauszubringen. Je mehr man in sie drängte, je verstockter wurde sie. Sie gab sich so scheu und verschlossen, daß selbst das Wohlwollen der gutmütigen Herrin daran Anstoß nahm, die ihr immer von neuem versicherte, daß sie in ihrem Hause bleiben könne, daß sie hier Arbeit und Brot finde und Gefahren nicht mehr zu fürchten brauche, deren Andenken ihr vielleicht das Herz beschwerten. Vergeblich; argwöhnisch und ängstlich flogen ihre Augen von Gesicht zu Gesicht, blieben auf keinem sanfter ruhen, und als sie mit der Musterung aller fertig war, seufzte sie bang und schaute verdrossen zu Boden. Die nachsichtige Mistreß Duncomb ließ ihr zu essen bringen, und mit Gier schlang Sara bis auf den letzten Bissen Brot alles hinunter. Darauf mußte sie ihre Lumpen ablegen und erhielt anständige Kleider, und ein Mädchen war ihr behilflich, das wunderbare rote Haar auszukämmen, das bis zu den Schenkeln reichte und so dicht war, daß es an Stelle eines Mantels hätte dienen können.

Sara Malcolm blieb im Hause. Sie mußte niedrige Arbeit verrichten und des letzten Dieners Dienerin sein. Sie mußte treppauf treppunter laufen, für die Mietsherren über die Straße rennen, das Schoßhündchen der Frau suchen, wenn es sich verloren hatte, und aus der Schenke das Bier für den Stallknecht holen. Sara! rief es früh und spät, Sara! hier und dort. Und nicht genug mit all dem Eilen, Hasten, Schaffen und Kommandiertwerden, hatte sie auch noch die frechen Zumutungen der Männer abzuwehren, vom noblen Gentleman, der um Mitternacht besoffen die Stiege hinaufstolperte, bis zum pockennarbigen Bäckerjungen, der nach Tagesanbruch ans Haustor pochte. Viel Arbeit hatte Sara und wenig Schlaf. Wenn die Stiefel geputzt und die Gewänder gebürstet waren, stand die Uhr schon weit in der Nacht, das Haus lag im Schlummer, und sie taumelte in einen Verschlag neben der Kellerluke, wo sie und das Laufmädchen auf Strohsäcken liegen mußten.

Doch war sie in ihrem Gemüte zufrieden, wenn man sie nur mit Worten in Ruhe ließ, nur nicht an ihr herumfragte und nach vergangenen Dingen forschte. Die Warums und Wanns schmeckten ihr bitterer als Hunger und Regenwetter. Das eine hatte sich bald herausgestellt, und John Kerrel hatte recht geraten; sie war im Tempelbar Wäscherin gewesen. Aber es war länger her denn ein Jahr; man wollte wissen, daß sie sich einem unehrbaren Wandel ergeben habe und der eine oder andere behauptete sie in verrufenen Kneipen gesehen zu haben mit Leuten, denen ein anständiger Mann nirgends begegnen möchte.

Bei solchem Gemunkle hatte es sein Bewenden, zum Schluß kümmerte man sich nicht mehr viel um Sara. Man ließ sie leben und atmen, das war alles, – für sie genug. Den Himmel zu sehen, hatte sie kein häufiges Verlangen, und wenn sie von der Sonne nur gerade gestreift wurde, ihr war es genug. Den auf sie gerichteten Blick erwiderte sie nicht, für ein Lächeln hatte sie kein Gegenlächeln, Scherze wußte sie nicht zu deuten oder sie schlüpften an ihren Ohren vorbei wie die Blicke an ihren Augen. Sie klagte nicht, somit schien sie mit ihrem Los einverstanden und jener Sorte von Geschöpfen anzugehören, die ohne den Anblick froher Dinge und ohne Freude mühselig-stumpf dahinweben.

Dennoch hatte sie eine Eigentümlichkeit, durch die ihr Wesen immer wieder als etwas Besonderes, ja Verdächtiges von den Hausleuten empfunden wurde. Am Sonntag, wenn andere Geselligkeit suchten, spazieren gingen und die besten Gewänder umhingen, blieb Sara einsam zu Hause sitzen und starrte vor sich nieder mit einem Ausdruck des Besinnens, einem Ausdruck des gewaltsamen Nachdenkens, der stundenlang ihrem Gesicht die Unbeweglichkeit einer Maske gab. Ihre indigoblauen Augen verloren den Blick nach außen; ihre um die Knie geschlungenen Arme zogen Kopf und Schultern nach vorwärts, und so saß sie, der Spott aller Wachen und die

Beängstigung aller Frommen, die der Meinung zuneigten, daß Sara Malcolm ein Hexlein sei, das mit dem Bösen Umgang habe und am Tage des Herrn dafür zur Erstarrung verurteilt wurde.

Es war der Traum, der Solches bewirkte, der vergessene Traum. Die einmal beglückt gewesene Seele wollte das verlorene Bild wiederhaben und fand es nicht. Sie erinnerte sich deutlich, wie etwas Herrliches aufgequollen war, damals aus der Finsternis des langen Schlafes; ein nie zuvor gespürtes Glück hatte ihr Herz zum Bersten voll gemacht und war emporgesproßt bis zum Munde und war als ein Lächeln um die Lippen erblüht. Dann war das Erwachen gekommen, – die Augen sahen nichts mehr, das Herz fühlte nichts mehr. Abergläubisch schaudernd dachte sie an diese Stunde, die ihr nichts zurückgelassen hatte als die Sehnsucht nach etwas rätselhaft Unbekanntem.

Einmal kam Master Gehagan nach Hause und trat in den Hof, um zu den Fenstern John Kerrels hinauf zu pfeifen, und ihm zuzurufen, daß Francis Rhymer, der junge Freund beider Männer, noch diesen Abend zu seiner Hochzeit aus Schottland in London ankomme; ein Eilbote habe die Nachricht gebracht. Kerrel freute sich und erwiderte, es sei wohl das beste, ihn für die nächsten Tage hier im Haus zu beherbergen. Master Gehagan wollte den Hof wieder verlassen, da fiel sein Blick durch die beginnende Dämmerung auf Sara, die vor der offenen Stalltüre eine frisch geschlachtete Gans rupfte. Obwohl er sich sagte, daß es kaum der Mühe verlohne, hatte er Lust, das unscheinbare, sommersprossige Mädchen zu küssen. Er ging auf sie zu, ergriff wortlos mit beiden Händen ihren Kopf und spitzte seine Lippen; aber was er für leicht gehalten, zeigte sich unausführbar. Wild aufgerissene Augen starrten ihn an, und zwei Arme stemmten sich stählern gegen seine Brust. Da wuchs die Begierde; er packte sie bei den Schultern, schleppte sie in den Stall, wo über den leeren Krippen ein Lämpchen düster flammte, und warf sie aufs Stroh. Als er sich nun zu ihr niederbeugen wollte, prallte er mit einem erschrockenen Aufschrei zurück. Das ganze Gesicht Saras war mit Blut wie bestrichen, so daß es einen grauenhaften Anblick darbot; wohl erkannte er den natürlichen Grund: aus dem Hals des toten Tieres, das Sara nicht aus den erhobenen Händen gelassen, war das Blut noch einmal entflossen und hatte das Antlitz des Mädchens bedeckt; aber mit seiner Liebesgier war's vorbei und er floh ängstlich und erregt.

Als Sara allein war, ging sie zum Brunnentrog und wusch Gesicht und Arme, dann setzte sie sich auf den Rand des Brunnens und grübelte. Indessen wurde es Nacht und zwischen zwei steilen Mauern stieg am bläulichen Himmel der Mond herauf. Sie wünschte, daß das Gestirn zur goldenen Schale werde und ihr vor die Füße fallen möchte; sie wünschte, daß aus der Dämmerung ein edler Geist hervortrete, um ihr das Gefühl der drückenden Gegenwart zu nehmen. Aber da rief es schon wieder: Sara! Sara! Mistreß Duncomb begrüßte im Flur einen eben angekommenen Fremdling, der vor der Stiege stand und langsam Schritt um Schritt hinaufging. Vor dem Haus hielt die Karosse, in der er gereist war. John Gehagan half auf der Straße dem Diener, das Gepäck abladen. »Gib acht, daß nichts vergessen wird, John!« rief die Stimme des jungen Mannes; es war eine wohllautende Stimme ohne Schwere, der man es anhörte, daß sie zu scherzen liebte. Er kehrte noch einmal zurück und nahm mit fürsorglichem Wesen dem Bedienten einen Gegenstand ab. »Was ist es?« fragte Gehagan, »am Ende gar das Brautgeschenk?« Der andere nickte, und in einer Wallung der Freude oder des Übermuts öffnete er die Hülle und zeigte John Gehagan einen Pokal aus purem Golde und mit Edelsteinen verziert, die einen feurigen Kreis unterhalb des Mundrandes bildeten. Master Gehagan griff erstaunt danach und rief lachend aus: »Ein Ehepfand der Art wird man in England nicht mehr auftreiben. Eines solchen Kleinods kann sich nicht einmal des Königs Schatzkammer rühmen«. Und er folgte dem Freund und trug den Pokal selbst hinterdrein.

Sara mußte Wein aus dem Keller holen. Ihre Ohren vernahmen den Befehl, aber in ihrem Sinn ging anderes vor. Während sie sich mit dem Wachslicht die Kellertreppe hinuntertastete, sah sie im Dunkel vor sich immerfort den schönen Becher. Ihr deuchte, daß alles Glück des Lebens mit seinem Besitz verbunden sein müsse, und wenn sie ihn auch nicht haben, nicht Eigentum nennen konnte, einmal wollte sie ihn in der Hand halten, ganz zwischen den Händen, ihn mit den Fingern umfangen wie etwas, das man mit aller Kraft des Herzens begehrt hat.

Während ihr aus dem niedrigen Gewölbe die kühlfeuchte Luft in Wellen ins Gesicht schlug, nahm das unerklärliche Verlangen so überhand, daß eine glühende Bangigkeit ihr die Brust verschnürte. Was war es nur? Nicht das Gold, nicht das Edelgestein lockte so, nicht die Vorstellung vom hohen Wert des Bechers und daß etwas anderes, gleich Wertvolles dafür zu erkaufen sei; nein, es erschien ihr wie ein Talisman, begabt, das dunkle, enge Leben irgendwie in die Helle und Weite zu zaubern und mit einem Trank, den man aus ihm trinke, den dürftigen Leib zu stärken und zu beseligen. Nie hatte sie etwas mit gleicher Inbrunst begehrt. Wenn sie mit Mary Tracy und den beiden Brüdern Alexander nächtlicherweile, gehorsam durch Zwang, auf Diebstahl ausgezogen war, hatte sie das Erbeutete mit Verachtung und Leid angesehen und ihren Anteil nicht selten verschenkt.

Zitternd kam sie in die Küche, und von den Flaschen, die sie brachte, entfiel eine ihrer Hand und zerbrach auf den Steinfliesen. Die Köchin nahm ein brennendes Scheit vom Herdfeuer und wollte es im Zorn nach Sara schleudern, die mit blanken Füßen im fließenden roten Wein stand. Sie deckte die Hände über das Gesicht und lief stumm davon. Die Arbeit ging nicht mehr von statten, Arme und Beine schienen aus Blei, Lippen und Zunge brannten. Vom unwiderstehlichen Trieb geplagt, schlich sie die Stiegen hinauf bis vor das Zimmer, in das der junge Mann eingezogen war. Das Schlüsselloch war durch den Schlüsselbart verdeckt; unten aus der Spalte schimmerte Licht. Während sie ihr Ohr an das Holz legte, hörte sie ihn mit seiner leichten Stimme singen; sie verstand auch die Worte:

> Mißraten Herz, was schreist du nach dem Golde,
> Halt es nur fest, auf daß es nicht entgleite,
> Die wilde Braut, die alles haben wollte,
> Trägt ein Gewand aus himmelblauer Seide.
> Und hast du nichts und kannst du ihr nichts geben,
> So fordert sie dein junges Blut und Leben.

Im oberen Stock wurde John Kerrels Tür mit großem Lärm aufgemacht und seine Baßstimme dröhnte durch das Haus. Sara schlich wieder hinab, die wütende Unrast ihres Innern konnte sie nicht mehr dämpfen. Allmählich kam Nachtstille und die Stunde, wo selbst Saras Füße ruhen durften. Das Tor ward zugetan, der Wächter schrie seine Zeiten ab. Auf ihrem harten Lager warf sich Sara von einer Seite auf die andere. Kaum schloß sie die Augen, so erblickte sie den goldenen Pokal, und ihr wurde kalt und heiß. Nach Mitternacht erhob sie sich leise, zog Rock und Kittel an, ging unsicheren Schritts auf den Gang und schlich langsam, auf jeder Stufe innehaltend und lauschend, die Treppe zu Francis Rhymers Zimmer empor. Es war nicht völlig finster; durch das runde Fensterchen oberhalb des Haustors schien der Mond herein und bemalte das breite Stiegengeländer mit einem grünen Streifen. Bald stand sie wieder vor der Tür und horchte. Es war alles still, nur das eigene Herz schlug wild und laut. Sie legte die Hand auf die metallene Klinke, und spürte eisigen Schrecken, als die Tür sich wie von selber auftat und das Zimmer in wunderlicher Doppelbeleuchtung vor ihr lag. Durch die Fenster strahlte der helle Mond, und auf einer Konsole am Bett brannte die Öllampe. Der junge Fremde schlief, noch halb in seinen Kleidern, und ein Buch, in dem er gelesen, war der herabhängenden Hand entglitten und auf den Boden gefallen; dies, wie das unverriegelte Türschloß waren Anzeichen, daß er den Schlaf noch nicht gesucht hatte, sondern daß er von ihm überwältigt worden war. Wenn Sara in ihrem verblendeten Sinn eine günstige Schickung darin hätte erblicken wollen, so mußte der höhere Wille in ihren Augen unbezweifelbar werden, als sie das Ziel ihrer Begierde dicht vor sich auf dem Tisch stehen sah: den goldenen Becher, auf der einen Seite grün beglänzt vom Mondlicht, auf der andern rötlich vom Licht der Nachtlampe. Sie ging und griff danach, legte ihre Hände um das Kleinod und fühlte die Beseligung über den Besitz durch jeden Finger einzeln in den Körper strömen. Im Übermaß der unheimlichen Glut setzte sie den Bechersrand an den Mund, als ob sie trinken wollte; es entstand ein Rauschen und Brausen im Innern des leeren Pokals, und es war, als ob irgend etwas Laues, Wohliges den Schlund hinabflösse und den Leib bis zu den Zehen und Haarspitzen ausfüllte.

Da sie nun den Pokal hatte, gedachte sie fortzueilen und aus dem Haus zu fliehen. Aber eine flüchtige Lust wandelte sie an, das Gesicht des jungen Menschen zu sehen und sich auszumalen, wie seinen Zügen das Leid stehen möchte, das er morgen um das verlorene Brautgut tragen würde.

Sie trat hin. Sie beugte sich ein wenig und gewahrte die freundlichen Züge. Sie wollte einen Schrei ausstoßen, doch die Lippen hielten ihn noch rechtzeitig zurück. Ihre Augen erweiterten sich, und sie atmete schwer. Mein Traum, dachte sie innerlich schluchzend, mein Traum. Diesen Jüngling hatte sie im Traum gesehen, mit denselben schlummergefärbten Wangen. Erst in seinem Schlaf erkannte sie ihn. Lächelnd war er zu ihr gekommen, sie waren mitsammen in ein strahlendes Haus gegangen, und dort hatten sie sich vermählt. Um ihretwillen war er ins Haus getreten, ihr brachte er den Becher und dennoch: sie mußte fliehen. Zusammengeduckt wandte sich Sara um und eilte aus dem Zimmer, vergaß die Tür zu schließen, ging die Stiege hinunter, begab sich in die Kammer, wo die Schlafgenossin schnarchte, warf sich auf ihr Lager und stierte in die Luft. Den Pokal hatte sie noch immer im Arm. Er bekam an ihrem Körper eine lebendige Gewalt und redete zu ihr. Da packte sie die Furcht; sie wühlte an der Wandseite des Lagers das Stroh auf und versteckte ihn. Aber er war nicht genug verborgen, er redete noch lauter. Sara konnte es nicht ertragen. Sie stand auf, frierend lief sie in den Flur und wünschte, daß die Nacht vorüber wäre. Sie schob den Riegel vom Haustor, öffnete und lief auf die Straße. Ein herrenloser Hund eilte brummend auf sie zu. Das helle Mondlicht scheuend, flüchtete sie ins Dunkel, ohne zu wissen, wohin sie sich wenden sollte. Es trieb sie zu einer Kirche, sie wollte beten, sie wollte vor Gottes Angesicht erscheinen. Die Liebe hatte sie ergriffen, und nun wußte sie, daß Liebe Mark und Bein verzehrt und das Blut so schnell antreibt, daß alle Adern brennen. Sie hatte den Herrgott nie gekannt, jetzt kannte sie ihn; hatte Christum verleugnet; jetzt glaubte sie ihn.

Indessen geschah es, daß sich vor Mistreß Duncombs Haus eine Gesellschaft von drei Personen zusammenfand, zwei Männer und eine Frau. Es waren die beiden Brüder Alexander und die gelbe Mary Tracy. Die beiden Alexander, berühmt in der Verbrecherzunft, waren Zwillingsbrüder und sahen einander so ähnlich, daß man einst in Whitechapel, als sie betrunken waren, dem einen das linke Ohr abgeschnitten hatte, damit man sie fürder unterscheiden könne. Sie waren es, die vor Wochen mit Sara Malcolm aus Aldermans Bierspelunke aufgebrochen waren, um einen wohl vorbereiteten Streich am Bullhead in Breadstreet auszuführen. Da verweigerte Sara plötzlich ihre Teilnahme, denn aus den Reden der zwei Kumpane hatte sie herausgehört, daß diesmal Blut fließen müsse. Es entstand ein kurzer Wortwechsel, Tom Alexander schlug das Mädchen nieder und Bill Alexander, der Ohneohr, tat ihr Gewalt an, während sie ohnmächtig dalag; dessen rühmte er sich später, denn Sara hatte ihren Spießgesellen alles zu Willen getan, nur ihren Leib hatte sie nicht gegeben. Es vergingen Wochen; Mary Tracy erfuhr zufällig, daß Sara bei Mistreß Duncomb in Diensten stehe. Sofort wurde beschlossen, diesen Umstand auszunützen, aber die Versuche, sich Sara zu nähern, waren erfolglos; bei Tag durfte man sich nicht blicken lassen, schon aus Furcht, daß Sara Verrat üben würde, und in der Nacht glich das Haus einer versperrten Festung. Doch als die Spionin Kunde brachte, ein reicher, schottischer Edelmann, Francis Rhymer, habe bei Mistreß Duncomb Quartier bezogen, wollten Tom und Bill um jeden Preis etwas unternehmen. Mit Strickleitern, Spreng-und Sägewerkzeugen machten sie sich auf den Weg und kamen genau zu der Zeit an, wo der Mond hinter die Dächer der Häuser sank. Zuerst wollten sie an das Tor pochen in einer Weise, die Sara kennen mußte und, weil sie nahbei schlief, auch hören konnte. Wenn dann ein anderer aufmachte, so war es eben um ihn geschehen, falls er unbewaffnet und ahnungslos war. Sehr überrascht waren nun die Elenden, als sie das Tor offen sahen; sie dachten an eine Falle. Vorsichtig warteten sie; nichts Verdächtiges zeigte sich. Mary Tracy blieb auf Wache, die beiden Alexander begaben sich hinein, krochen zur Treppe, ein Lichtschimmer von oben erleichterte den Weg, und sie fanden eine offenstehende Stubentüre. Mary Tracy, die in der Dunkelheit dabeigestanden, als der Schotte aus dem Wagen gestiegen, hatte ihnen seine Erscheinung beschrieben, und als sie den Schlafenden gewahrten, zweifelten sie nicht, daß sie ihr Opfer erreicht hatten. Sie waren kundige Köpfe und geschickte Arbeiter; sie wußten, wo Schätze verborgen sein konnten, der Zweck verlangte eine grauenvolle Tat von ihnen; und so geschah es, wie es geschehen mußte, weil es von Anfang an durch den Lauf der Dinge besiegelt war.

Als Sara zurückkam und im Finstern vor dem Duncombschen Hause eine Gestalt sah, erschrak sie, denn jetzt wurde ihr bewußt, wie sträflich sie gehandelt, daß sie das schlafende Haus unverwahrt gelassen. Sie kam näher, und Mary Tracy, forschend wer es sei, trat ihr entgegen. Da erkannten sich die beiden. »Du bist's, Sara«, sagte Mary vertraulich und legte den Arm um die Schulter des Mädchens. Saras Herz füllte sich mit düsteren Ahnungen. Sie war so bestürzt, daß sie außerstande war, sich auf den Beinen zu halten und sich auf die Steintreppe niederließ. Mary Tracy fragte mit verstellter Zärtlichkeit, wie es ihr gegangen sei, wo sie jetzt in tiefster Nacht herkomme und ob sie nicht wieder mit hinauskommen wolle in das freie Leben. Sara horchte geistesabwesend in die Luft hinein, sie spürte, daß im Haus etwas Böses vorging, dann schlug sie die Hände vors Gesicht und fing bitterlich an zu weinen. »Hör doch auf«, gebot Mary Tracy, schaute ängstlich straßauf straßab und zu den Fenstern. »Hör doch auf, wir geben dir Geld.« »Nun war ich bis unter dem Schwibbogen bei Fig-tree-Court«, wehklagte Sara in ihr Weinen hinein. »Ich wollte zu einer Kirche und wollte beten, und als ich eine fand, war alles verschlossen. Warum ist Gott in seinem eigenen Haus eingesperrt?« Noch fester hielt sie die Hände ans Gesicht gepreßt, noch stürmischer wurde ihr Weinen. Aus dem Tore huschten hastig die beiden Alexander; nacktfüßig huschten sie, horchten vorwärts, horchten verstört zurück, lauschten in die Straße hinein und rannten, die Hände zum Mund emporgehoben: »Fort! fort! fort!« Darauf sprangen sie davon, ohne Sara nur gesehen zu haben. Mary Tracy folgte ihnen mit einem Wutschrei; sie fürchtete um die Beute betrogen zu werden.

Das Frührot dämmerte. Sara ging ins Haus und sperrte den Riegel ab. Innen war alles still wie zuvor. Sie wankte in ihre Kammer und fiel aufs Stroh. Schlafen konnte sie nicht. Die Glieder ruhten, aber Augen und Brust brannten. Ich bin ein verloren Weib, dachte sie. Es wurde heller. Da gewahrte sie oben an der Decke einen roten Fleck. Gerade über dem Raum, wo Sara lag, war Francis Rhymers Zimmer. Was für ein Flecken mag das sein? fuhr es ihr durch den Kopf, und siehe, es tropfte etwas herab, und nach einem Weilchen wieder, es tropfte auf ihr Hemd. Bei dem klarer werdenden Licht erkannte sie, daß es Blut sein mußte. Nun wurde ihr Inneres so starr, als ob der Tod hineingegriffen hätte. Ich bin ein verloren Weib, wiederholte sie, als sie aufstand. Der Bäcker klopfte schon ans Haus. Eine halbe Stunde später wurde das Laufmädchen wach und sah das Blut und lief entsetzt auf die Diele. Sara war um die Milch für den Molkensekt gegangen; als sie wiederkam, stand eine Menge Volks vor dem Hause. »Einer ist umgebracht worden«, erzählten sie einander. Master Knight, der ebenfalls zu den Bewohnern des Logierhauses gehörte, schaute vom zweiten Stock im Nachthemd herab und schrie. Sara drängte sich schweigend durch die Leute und gelangte ins Tor. Eben wurde Mistreß Duncomb ohnmächtig von Anne Love und Miß Oliphant die Stiege herabgetragen; ihre Jungfer Elisabeth Harrison, ein kränkliches Geschöpf, hatte wie leblos den Pfosten umklammert. Darauf kam Master Kerrel die Stiege herab; er war schneeweiß im Gesicht, man sah es ihm an, daß er etwas sagen wollte und nicht konnte, vor Entsetzen blieb ihm die Sprache aus. Er war erst um fünf Uhr morgens nach Hause gekommen, so lange hatte er sich in den Kaffeehäusern von Coventgarden umgetrieben. Er hatte nichts Verdächtiges bemerkt, Francis Rhymers Zimmer war geschlossen gewesen. Oben hörte man John Gehagan brüllen vor Schmerz, denn er beklagte in dem Ermordeten den teuersten Freund. Der Pöbel drängte ins Haus. John Kerrel und der Stallbursche hatten Mühe, die Leute zu verhindern, daß sie die Stiege stürmten. Sara schaute eine Weile regungslos dem allen zu, plötzlich zuckte sie konvulsivisch zusammen und fuhr mit beiden Händen an die Schläfen. Sie sprang die Treppe empor, stürzte in das Zimmer des unglücklichen Jünglings und warf sich vor das Bett hin, ohne daß ein Laut von ihren Lippen kam. »Du Höllenhure, scher' dich fort« schrie John Gehagan, packte sie bei den Haaren und wollte sie vom Bett wegzerren, auf dem der bleiche Mensch mit durchschnittenem Hals lag. Da sah ihn Sara mit Augen an, vor denen er erstarrte. Jetzt erinnerte er sich an ihr blutbedecktes Gesicht von gestern, und ihm wurde unheimlich zumute. Einige Mädchen standen an der Schwelle und beobachteten, was vorging, unter ihnen die Köchin, und auch sie erinnerte sich, wie Sara am Abend im roten Wein gewatet wie in Blut. Der Konstabler erschien. Die Volksmenge draußen hatte sich vermehrt, doch es war gelungen, das Tor abzuriegeln. Wie vom Fieber getrieben, ging Sara aus dem Zimmer, taumelte hinunter, machte sich in der Küche zu schaffen, stellte sich mit gerunzelter Stirne zum Feuer und wärmte die Hände. Bald kam die eine bald die andere von den Mädchen. Sie flüsterten und tuschelten; Stunden mochten verflossen sein, da hieß es: »Sara, du sollst hinaus zu Master Gehagan.« Sara ging hinaus, floh an John Gehagan und John Kerrel, die beide im Flur warteten, mit gesenktem Haupt vorbei in ihre Kammer. Dort stand sie zitternd, horchend, schnell atmend, bis die Männer nachfolgten. »Hast du die Nacht über geschlafen?« fragte der mildere Master Kerrel. Keine Antwort. »Warum ist dein Rock vor den Knieen blutig?« fragte John Gehagan. »Ich habe oben gekniet, das wißt Ihr doch«, erwiderte sie mit kaum vernehmbarer Stimme. »Dein Benehmen ist sonderbar. Hast du Geld am Leibe versteckt, Mädchen?« forschte John Gehagan weiter. Zugleich trat er auf sie zu, steckte die Hand in ihr Busentuch, suchte die Brüste hinunter, und wie er ihr unter den Arm fühlte, erschrak sie und ihr Kopf flog zurück. Da wurde ein Stück Hemd mit dem Blutfleck sichtbar. »Und woher ist dies Blut?« fragte Master Gehagan rauh. Sara deutete in die Höhe; »dort ist es her«, entgegnete sie, ohne des Doppelsinns inne zu werden. Mittlerweile hatte sich John Kerrel an das Durchsuchen des Strohlagers gemacht, und auf einmal zog er mit einem heiseren Schrei den Pokal hervor. Das Gefäß schwankte in seiner Faust, John Gehagan drückte fassungslos die Hände gegen das Herz.

»Ich weiß, ich bin ein verloren Weib!« schrie Sara. »Ich will ja gern den Tod erleiden.« Sie fiel nieder und umklammerte die Beine John Gehagans so fest, daß er sich kaum losmachen konnte. Ihre Augen rollten und vergingen fast, und ein furchtbares Seufzen drang aus der Tiefe ihres bedrängten Innern. John Kerrel eilte hinauf, bald kamen zwei Konstabler und führten Sara ins Gefängnis nach Newgate, wie sie war, mit ihrem Arbeitsrock und der blauen Kappe.

Vor den Richter, Sir Roger Brocas gebracht, konnte sie nicht sprechen. Es war ein Jammer, sie anzusehen. Sir Roger fühlte Erbarmen, verschonte sie für diesen Tag und ließ sie in die Zelle zurückbringen. Sie legte sich nicht hin, sie ging nicht umher, sie stand regungslos am vergitterten Fenster und blickte hinaus auf den finstern Hof und sah zu, wie es zu regnen anfing und wie es Nacht wurde, und hörte den Wind heulen. Und als es nun so einsam und dunkel um sie geworden war, da spürte sie plötzlich ein wundersames Pochen in ihrem Leibe. Zuerst achtete sie kaum darauf, es schwieg auch eine Zeitlang, dann wiederholte es sich stärker. Verwundert dachte sie nach, was das Pochen zu bedeuten habe, und als es zum dritten Mal wiederkehrte, da verklärte dasselbe himmlisch selige Lächeln ihre Züge, wie damals im Traum bei Mistreß Duncomb. Sie hatte ein Kind im Schoß. Im Traum hatte sich der Geliebte ihr vermählt, im Traum war er gekommen, im Traum hatte er sie beglückt. Sie kroch in einer Ecke des kalten finstern Raums in sich zusammen, denn so eng ihn vorher ihre Bangigkeit und Trauer gefunden hatte, so weit wurde er jetzt ihrer Verzückung. Sie lauschte in das Innere ihres Leibes hinein, und abermals regte es sich, sie glaubte es zu spüren, glaubte jedes der kleinen Gliederchen zu fühlen, und nun war sie Gott dankbar für die auferlegte Prüfung und freute sich darauf zu sterben, das Geheimnis unter dem Herzen. Gewiß war es derselbe lustgekrönte Engel, der sie mit dem Geliebten zusammengeführt und der sie den Todesweg hinaufgeleiten würde bis an das Tor des Paradieses. »Armes kleines Wesen«, so redete sie lächelnd vor sich nieder und in ihren Schoß hinein, »bist jetzt noch in der Finsternis, bald aber wirst du flügge sein, mein Vögelchen, und wirst Flügel haben und wirst dich im Lichte baden«. So schlief sie allmählich ein. Kein leisester Zweifel regte sich gegen das Wunder, das sich an ihr ereignet.

Wie erstaunt war am andern Tag Sir Roger, als Sara Malcolm heiter und ruhig vor ihn hintrat, auf alle Fragen runde, klare Antwort gab und weder die Reue und Zerknirschung einer Schuldigen noch das Staunen und den Schmerz einer Unschuldigen zeigte. Die Frage, ob sie den Mord verübt habe, erwiderte sie mit nein. Sie erzählte, daß sie aus dem Haus gelaufen, daß sie vor dem Kirchlein bei Fig-tree-Court, wo die Lampe brennt, gewesen sei, daß sie sogar dort den Master Oaks aus der Themsestraße gesehen habe. Was sie denn dort gemacht? fragte der

Richter. Sie habe gebetet, antwortete sie. Dann sei sie zurückgegangen und habe vor Mistreß Duncombs Haus Mary Tracy getroffen, und sie erzählte, was sich darnach zugetragen. Sie erzählte auch, wie sie ehemals die Diebsgenossin der beiden Alexander geworden sei, als sie elend und verhungernd durch die Straßen geirrt war. Elternlos, heimatlos, freundelos war sie stets gewesen. Sie erinnerte sich, als Kind einmal auf dem Meer gefahren zu sein, aber woher und wohin, das wußte sie nicht. Überhaupt besaß sie nur wenig Erinnerungsvermögen.

Als aber der Richter auf den Pokal zu sprechen kam, den man doch in ihrer Lagerstatt gefunden, da schwieg sie beharrlich, – nicht wie eine Verbrecherin, die sich zu verraten fürchtet, sondern wie ein Mensch, der ein Geheimnis bewahren will und muß. Das Rätsel, das ihr selbst unlösbar und ungelöst blieb, konnte sie nicht preisgeben, ihre Zunge fand keine Worte dafür, und eine innere Stimme befahl ihr zu schweigen. Darauf wurde sie wieder in die Zelle zurückgeführt und zwei Scharwächter kamen, vor denen sie sich völlig entkleiden mußte, und die ihre Gewänder untersuchten, die Haare aufbanden und sie fragten, ob sie irgend etwas vergraben habe, es sei auch Geld geraubt worden. Sara schüttelte den Kopf. »Da müßt ihr euch an die beiden Alexander wenden«, sagte sie, und trotz ihrer Nacktheit benahm sie sich so, daß sich die beiden Alten darüber wunderten.

Mary Tracy und die Brüder Alexander konnten nicht aufgefunden werden. Am andern Tage wurde Sara aus dem Gefängnis geholt und man brachte sie vor die Leiche des gemordeten Jünglings. Der Richter und die Unterrichter waren dabei, ferner John Gehagan und ein Konstabler. Sie blickte stumm auf das wächserne Antlitz, ihre Augen schimmerten naß und sie faltete innig bewegt die Hände. John Gehagan, außer sich vor Gram und Wut, ballte die Faust und schlug sie, ehe es jemand verhindern konnte, ins Gesicht. Sie taumelte, aber sie schrie nicht; bald stand sie wieder aufrecht und bedeckte nur mit dem Arm die Augen, vor denen es flammte. »Was tut ihr mir, Master Gehagan?« murmelte sie klagend.

Dann ging es wieder nach Newgate, und sie wurde den Zeugen gegenübergestellt. Es waren hauptsächlich die Frauenzimmer, die sich über Saras seltsames, verstecktes, hexenhaft scheues Wesen äußerten, auch die Geschichte mit dem vergossenen Wein kam zur Sprache. Andere stellten sich ein, die Sara in früherer Zeit gekannt, und sagten Böses aus; wenn ein Mensch im Unglück sitzt, wollen alle, denen er einmal mißfallen, ihr Mütchen auslassen. Sie zeigte sich würdig und fest. Kein überflüssiges Wort kam von ihren Lippen, aber keine leichtsinnige Verdächtigung ließ sie hingehen, ohne dem Urheber mit scharfer, ja scharfsinniger Frage und Weiterfrage an den Leib zu rücken, so daß sie die Betreffenden oft sehr in Verlegenheit brachte. Ihre Art und Weise erregte schließlich Aufsehen. Gebildete Leute kamen, sie zu sehen und ihr zuzuhören. Es war ein fremdes, stolzes Wesen in ihr aufgewacht, seit sie im Gefängnis saß. Die Wärter, die Konstabler, der Türenschließer, alle konnten ihre Sanftmut, ihre Gefälligkeit, ihr munteres und gesammeltes Wesen nicht genug rühmen, und sie genoß Freiheiten wie kein anderer Gefangener. Daß es um sie geschehen war, daran war nicht zu zweifeln; man wollte ihr die Tage leicht machen.

Ende März wurde sie zum Tode verurteilt, und der Wärter teilte ihr abends mit, daß sie in Fleetstreet mit sechs oder sieben andern gehängt werde. Sie antwortete nichts und blickte klaren Auges, klaren Ausdrucks in die Höhe. Das schmale Gesicht mit dem schmalen Kinn veränderte sich in dieser Minute zu einem Bild ergreifender Menschlichkeit. Hinter der Stirn wohnte der Wunderglaube und machte sie leuchtend, in den Augen dunkelte der Tod.

Es war ein greulicher Sturm an jenem Abend. Sara schritt in ihrer Zelle auf und ab. Sie hatte nur noch die einzige Sorge, daß niemand ihre Schwangerschaft merken möge, die jetzt schon ein wenig vorgeschritten war, denn eine Schwangere durfte nicht gerichtet werden. Während sie hin und her ging, kam der Geistliche in die Zelle, ein milder Mann, der die Sünder gnädig mit Worten bedachte und die Gnade nach dem Maß der Buße verteilte. Lange redete er in Sara hinein, sie möge ein offenes Bekenntnis ablegen, aber sie entzog sich allen Ermahnungen durch ein, wenn auch freundliches, doch starrsinniges Schweigen, und am Ende sagte sie mit Wärme: »Wenn ich eine Weile im Grabe gelegen, wird die Wahrheit auferstehen.«

Dann war sie wieder allein, streckte sich auf dem Lager aus und hörte beglückt zu, wie ungestüm sich das Kind in ihrem Innern bewegte, als könne es die Zeit nicht erwarten, um ans Licht zu gelangen. »Hab' nur Geduld, Traumseelchen,« flüsterte Sara, »bald werden wir auf die Reise gehen, und du wirst ein herrliches Bett bekommen bei deinem Vater, das ist der schönste Mann.« Sie schlief ein und schlief ruhig bis in den Tag, der so finster und stürmisch war, daß es sich hier in der Zelle nur um weniges von der Nacht unterschied. Am Nachmittag kamen einige Leute in ihre Zelle, der Lord Oberrichter und ein schottischer Edelmann, ein Vetter des Ermordeten. Er hatte in seinen Zügen eine Ähnlichkeit mit Francis Rhymer, aber besonders erregte er Saras Aufmerksamkeit durch einen Blick des Erbarmens, der anders als des Pfaffen Blick bis in die Nieren drang. Sara breitete die Arme aus, und ein schneller Krampf zuckte über ihr Gesicht. »Nur einmal laßt mich noch den Mund an meinen goldenen Becher drücken!« rief sie über und über schaudernd aus; aber niemand verstand sie, man glaubte, sie fasle oder rede irr.

Um sechs Uhr kam der Ausrufer nach Newgate, der im Hof die Namen derjenigen verlas, die am nächsten Morgen sterben sollten. Ein gewisser Chambers, der sich in der gegenüberliegenden Zelle befand, ein höchst grausamer Mörder, bat Sara, sie möge doch um Gottes willen acht geben, ob sein Name vorkomme. Sara stellte sich ans Fenster und hörte zu; gleich nach ihrem eigenen kam der Name Chambers. Sie beschloß, es dem Unglücklichen zu verheimlichen, damit er eine ruhige Nacht habe, aber er erfuhr es doch. Der Wärter kam auf seiner letzten Runde. Ohne Mühe erreichte es Sara, daß er sie hinübergehen ließ zu dem weinenden Mörder. Sie fragte ihn, ob sie mit ihm beten solle. »Ja, Sara!« rief er, »von ganzem Herzen.« Sie begann inbrünstig mit ihm zu beten, und tief in die Nacht hinein lagen sie auf den Knieen, bis alles Licht ausgebrannt war. Ohne daß sie es gewahr wurden, kamen die anderen Todgeweihten, denen der Wärter die Türen geöffnet hatte, und beteten mit. Wie auf eine Heilige blickten sie auf Sara, und je näher die bittere Stunde kam, je mehr fühlten sie ihre Seelen entlastet. Die Wärter vergaßen des Schlafes in dieser Nacht und dachten, nun seien auch einmal des Himmels Heerscharen eingezogen in die Hölle von Newgate.

Der Morgen graute und die Hellebardiere erschienen, um die Verurteilten nach Fleetstreet an den Galgen zu führen. Fünf Männer waren es: ein Mörder, zwei Brandstifter, ein Hochverräter und ein meuterischer Matrose. Sie zogen singend über den Hof des Gefängnisses und nahmen Sara in ihre Mitte. Damit sie durch den Regen nicht litte, zog Chambers seine Jacke aus und legte sie ihr um die Schultern. Die beiden Brandstifter gingen ihr zur Seite und beteuerten, daß sie den Tod nicht fürchteten. So kamen sie vor dem Blutgerüste an. Sara durfte zuerst hinansteigen. Selbst der rohe Pöbel, der sich auf dem Schauplatz versammelt hatte, starrte in schweigender Ergriffenheit empor und keiner vergaß den jubelnd-totbereiten Ausdruck ihres Antlitzes. Als der Strick um ihren schlanken Hals gelegt wurde, glaubten viele zu sehen, daß sie einen Kuß in die Luft hauchte. Auch die Sonne befreite sich für einen Augenblick aus Wolkendunst und schaute zu.

Nicht im Wirklichen und Greifbaren spielt sich das entscheidende Leben der Menschen ab. Das Tiefste, woran der Sterbliche seine Seele bindet, ist Rauch, ist Traum. So werden Glück und Unglück zu bloßen Namen.

Clarissa Mirabel

In der kleinen Stadt Rhodez, die im Westen der Sevennen liegt und vom Flusse Aveyron bespült wird, wohnte der Advokat Fualdes, ein unbedeutender Mann, weder gut noch böse. Trotz seinem vorgerückten Alter hatte er sich erst unlängst von den Geschäften zurückgezogen, und seine Vermögensumstände waren so zerrüttet, daß er im Anfang des Jahres achtzehnhundertsiebzehn seine Domäne La Morne veräußern mußte. Mit dem Erlös wollte er sich an einem stillen Fleck des Landes zur Ruhe setzen und von seiner Rente leben. Eines Abends, es war der neunzehnte März, erhielt er vom Käufer des Gutes, dem Präsidenten Seguret, den Rest der Kaufgelder in Papieren und Wechseln ausbezahlt und nachdem er die Dokumente in seinem Schreibtisch verschlossen hatte, verließ er das Haus und sagte der Wirtschafterin, er müsse noch einmal nach La Morne hinüber, um mit dem Pächter einige notwendige Abmachungen zu treffen.

Er kam weder nach La Morne, noch kehrte er in seine Wohnung zurück. Am andern Morgen sah die Frau eines Schneiders aus dem Dorfe Aveyron seine Leiche in einer untiefen Stelle des Flusses liegen, rannte nach Rhodez und holte Leute herbei.

Die felsige Böschung der Ufer war an jener Stelle senkrecht und über zwölf Meter hoch. Von dem schmalen Fußpfad, der aus Rhodez gegen die Weinberge führte, war ein großes Stück losgebröckelt; kein Zweifel, daß der unglückliche Mann dadurch in die Tiefe gestürzt war. Es hatte am Tage zuvor heftig geregnet, und das Erdreich oben war, nach dem Zeugnis einiger Winzer, schon längst locker gewesen. Auffallend erschien eine tief einschneidende Rißwunde am Hals des Toten; da aber aus dem Gestein des Abhangs überall scharfe schiefrige Platten hervorragten, erklärte sich eine solche Verletzung von selbst. Bei der Untersuchung der steilen Wand wurden keine Blutspuren an Stein und Erde gefunden; der Regen hatte alles abgewaschen.

Die Kunde des Ereignisses verbreitete sich rasch, und den ganzen Tag über standen fortwährend zwei bis dreihundert Rhodezer, Männer, Weiber und Kinder, an beiden Ufern und starrten mit einem Ausdruck der Lüsternheit und des selbstgeschaffenen Gruselns in die Tiefe der Schlucht. Es wurde erwogen, ob nicht etwa ein Irrlicht den alten Mann verführt habe. Eine Frau wollte mit einem Hirten gesprochen und dieser Hirt wollte einen Hilferuf vernommen haben; allerdings war das schon gegen Mitternacht gewesen und Fualdes hatte um acht Uhr das Haus verlassen. Ein dicker Töpfer bestritt, daß die Finsternis so dicht gewesen sei wie alle glaubten; er selbst sei um neun Uhr von La Valette her über die Felder gegangen und da habe der Mond geschienen. Ihn wies der Zollaufseher unwillig zurecht und bedeutete ihm, daß gerade gestern Neumond gewesen sei, man brauche ja nur den Kalender aufzuschlagen. Jener zuckte die Achseln, als wolle er sagen, in solchen Zeitläuften sei sogar dem Kalender nicht zu trauen.

Um die Dämmerungsstunde wanderten die Leute heimwärts, paarweise und in Gruppen, bald plaudernd, bald schweigend, bald streitend, bald geheimnistuerisch flüsternd. So wie argwöhnisch gemachte Hunde immer um dieselbe Stelle im Kreis herumrennen, schnappte ihre hungrige Begier nach neuer Erregung. Sie spähten mit aufmerksamen Augen vor sich hin, sie vernahmen mit wacheren Ohren jedes gesprochene Wort. Manche blickten einander mißtrauisch von der Seite an; wer Geld liegen hatte, versperrte seine Tür und überzählte es. Abends in den Weinkneipen wurde von den ungeheuern Reichtümer erzählt, die der geizige Fualdes im Lauf der Jahre aufgestapelt; das Gut La Morne habe er nur deswegen verkauft, weil er Scheu getragen, den Pächter Grammont, der sein Neffe war, mit den Rechtsmitteln zur Bezahlung der seit zwei Jahren fälligen Pachtsumme zu zwingen.

Das geredete Wort blieb lauernd auf der Lippe stehen und riß ein noch halbgedachtes mit. Unter den Bürgern galt es als eine ausgemachte Sache, daß Fualdes, der liberale Protestant, der ehemalige Beamte des Kaiserreichs, mit Drohungen gegen sein Leben verfolgt worden sei. Die verdüsterten Gedanken spannen emsig an dem Gespinst der Furcht. Die noch an einen Unfall glaubten, verschwiegen ihre Gründe, sie mußten sich hüten, daß nicht Verdacht auf sie falle. Schon wurde eine Reihe von Verbündeten bezeichnet, der feindlichen, drohenden, übermütig gewordenen Partei der Legitimisten entstammend. Der dunkle Haß deutete auf die Jesuiten und ihre Millionen als Urheber der ungewissen Tat. Wie oft hatte die Gerechtigkeit gezaudert, wenn die Macht der Mächtigen den Verbrecher beschirmte!

Die Frühlingssonne des nächsten Tages leuchtete in gespannte, aufgewühlte, suchende, zu langsamer Wildheit sich entflammende Gesichter. Die Royalisten fingen an, um Hab und Gut besorgt zu werden; um sich zu schützen, auch angesteckt vom allgemeinen Schauder, den das Unbekannte ausströmte, gaben sie zu, daß ein Frevel geschehen sei. Aber wie? und wo? und durch wen?

Ein Schuster hat gewöhnlich ein besseres Gedächtnis und einen geschäftigeren Geist als andere Leute. Der Schuster Escarboeuf pflegte bisweilen in der Versperstunde seine Nachbarn und Getreuen um sich zu versammeln. Er erinnerte sich genau dessen, was der Doktor beim Leichenbefund gesagt hatte; er war daneben gestanden und hatte es Silbe für Silbe gehört. »Das sieht ja beinahe aus, als ob der Mann geschlachtet worden wäre«; dies waren die verwunderten Worte des Doktors gewesen, während er die Verletzung am Hals untersucht hatte. »Geschlachtet? was sprichst du da, Mann?« fiel einer ein. »Ja, geschlachtet!« rief der Schuster triumphierend. – »Aber es soll doch Sand an der Wunde geklebt haben«, bemerkte ein junger Mensch schüchtern. – »Ach was, Sand, Sand!« eiferte der Schuster, »was beweist denn Sand!« – »Nein, Sand beweist gar nichts«, gaben alle zu. Und schon am Mittag hieß es in allen Häusern des Viertels: Fualdes ist geschlachtet worden, sie haben ihn abgeschlachtet. Das Wort gab den entzündeten Gehirnen ein Bild, den raunenden Zungen einen Hinweis.

Nun hatte ein unheimlicher Zufall es gefügt, daß der Nachtwächter an dem verhängnisvollen Abend vor dem Bancalschen Haus, das durch die finstre Quergasse de l'Ambrague vom Haus des Advokaten Fualdes getrennt lag, einen Stock mit Elfenbeingriff und vergoldetem Ring gefunden und in der Wachtstube abgegeben hatte. Fualdes' Wirtschafterin, ein altes taubes Weib, bezeichnete den Stock mit Sicherheit als Eigentum ihres Herrn; ihre Behauptung schien unwidersprechlich. Viel später stellte es sich heraus, daß der Stock einem durchreisenden Kaufmann gehörte, der mit einigen Dirnen die Nacht verlumpt hatte; aber jetzt richtete sich die Aufmerksamkeit auf einmal und mit vorbereiteter Glut auf das übelberufene Bancalsche Haus, ein verfallenes, dumpfes Gebäude mit feuchten schmutzigen Winkeln. Früher hatte es ein Schlächter besessen, und auf dem Hof wurden noch Schweine gehalten. Es war ein Gelegenheitshaus und wurde allnächtlich von Soldaten, Schmugglern und verdächtigen Mädchen besucht; auch dichtverschleierte Damen und vornehme Herren huschten bisweilen dort ein und aus. Im Erdgeschoß wohnten außer dem Ehepaar Bancal der ehemalige Soldat Colard mit seiner Geliebten, die Dirne Bedos und der bucklige Missonier, oben hauste ein alter Spanier namens Saavedra mit seiner Frau, ein politischer Flüchtling, der in Frankreich Schutz gesucht.

Am Nachmittag des einundzwanzigsten März stand der Soldat Colard am Eck der Rue de l'Ambrague und blies auf der Flöte eine eintönige Melodie, die er von den Schafhirten der Pyrenäen gelernt hatte. Da kam der Krämer Galtier des Weges, blieb stehen, stellte sich als ob er zuhöre, unterbrach aber schließlich den Musikanten und sagte streng: »Was treibst du dich herum und gibst dich unwissend, Colard? Weißt du denn nicht, daß in euerm Haus der Mord geschehen sein soll?«

Colard schob den struppigen Schnurrbart von den Lippen und erwiderte, er und Missonier seien an dem Abend in der Weinwirtschaft bei Rose Feral gewesen, neben dem Bancalschen Haus. »Hätt' ich Lärm gehört,« sagte er prahlerisch, »so wär ich gekommen und hätte gerettet, denn ich habe zwei Gewehre, Herr.«

»Wer war denn sonst noch bei Rose Feral?« forschte der Krämer. Colard dachte nach und nannte Bach und Bousquier, zwei berüchtigte Schmuggler. »Die Strolche, sie mögen sich hüten,« sagte der Krämer, »und du, Colard, komm' mit, der arme Fualdes wird begraben, da ist es nicht in der Ordnung, Flöte zu blasen.«

Kaum waren sie auf die Hauptstraße gelangt, wo sich eine zahlreiche Menschenmenge angesammelt hatte» so gesellte sich plötzlich Bousquier zu ihnen, der ein seltsames Betragen zeigte, bald lachte, bald den Kopf schüttelte, bald blöde vor sich hinglotzte. Colard sah ihn scheu von der Seite an, und der Krämer, der an nichts andres dachte als an den Mord und in alledem die Kapriolen des bösen Gewissens zu sehen vermeinte, beobachtete den Mann scharf. Auch die Umstehenden wurden aufmerksam und jedem leuchtete es sogleich ein, daß, wenn irgendwer von dem in Bancals Haus geschehenen Verbrechen wissen könne, dies Bousquier sei. Der aufgeregte Galtier fragte ihn geradezu und mit lauter Stimme. Bousquier war angetrunken, der ungewohnte Menschentumult berauschte ihn noch mehr, er schien verlegen, empfand sich aber zugleich als wichtige Person. Erst tat er so, als wollte er nur ungern herausrücken, dann erzählte er mit feierlicher Umständlichkeit, daß er in der Mordnacht von einem Tabakhändler in blauem Rock gerufen worden sei; dreimal habe der Unbekannte nach ihm geschickt, dann sei er gekommen, habe einen schweren Ballen tragen müssen und sei mit einem Goldstück bezahlt worden.

Schon während des Redens rann der Schrecken über das Gesicht des schwatzhaften Menschen; er wurde sich der Bedeutung seiner Worte langsam bewußt. Die Zuhörer hatten einen dichten Kreis um ihn gebildet, und eine schmetterndschrille Stimme erschallte aus dem Haufen: »Sicherlich hat die Leiche in dem Ballen gesteckt!«

Bousquier schaute beklommen drein. Er mußte immer wieder von neuem anfangen, und die gespannt auf ihn gehefteten Blicke zwangen ihn zur Erfindung neuer kleiner Einzelheiten, wie daß der Tabakshändler plötzlich auf unerklärliche Weise verschwunden sei und daß er eine schwarze Maske vor dem Gesicht gehabt habe. »Wohin hast du denn die Leiche tragen müssen?« fragte Galtier mit aufeinandergepreßten Zähnen. Bousquier schwieg entsetzt, dann, durch die vielen drohenden Augen eingeschüchtert, erwiderte er leise: »Gegen den Fluß hinaus.«

Zwei Stunden später war er verhaftet und hinter Schloß und Riegel gesetzt. Noch am selben Abend wurde er vor den Untersuchungsrichter, Monsieur Jausion, geführt, und wie nun der Unselige gewahrte, daß es Ernst wurde, daß sein Geschwätz zum Zeugnis werden sollte, daß jedes seiner Worte aufgeschrieben ward und daß er dafür einstehen müsse mit der Freiheit, ja vielleicht mit dem Leben, da packte ihn die Angst. Er leugnete die Geschichte mit dem Tabakshändler und dem schweren Ballen, und als der Richter zornig wurde, verstummte er ganz. In die Kerkerzelle zurückgebracht, verfiel er in dumpfes Brüten. »Nur frisch darauf los, Bousquier,« redete ihm der Wärter zu, »man darf die Herren nicht langweilen; wenn du störrisch bist, wirst du böse Nächte zu überstehen haben.«

Bousquier schüttelte den Kopf. Der Wärter holte einen dicken Folianten herbei, und da er selbst des Lesens unkundig war, rief er einen andern Gefangenen, und dieser mußte die Gesetzesstelle vorlesen, wonach derjenige, der einem Verbrechen gezwungenermaßen beigewohnt und es freiwillig bekenne, mit einem Jahr Gefängnis davonkomme. Der Wärter hielt die Laterne neben das ledergelbe Gesicht des Vorlesers und nickte Bousquier ermunternd zu. Bousquier leierte ein Vaterunser vor sich hin. In großer Unruhe und nach einem Ausweg aus der Bedrängnis irrend, sagte er endlich, es sei alles so gewesen, wie er zuerst erzählt, aber der Tabakshändler habe ihm nicht ein Goldstück gegeben, sondern nur ein paar Silbermünzen. Er wiederholte das Geständnis vor dem Richter, der ungeachtet der späten Stunde gerufen wurde.

Am nächsten Morgen wußte ganz Rhodez, Bousquier habe gestanden, daß Fualdes im Bancalschen Haus abgeschlachtet und daß die Leiche in der Nacht zum Fluß getragen worden sei. Auf einmal öffneten sich Lippen, denen bisher die Furcht ein Siegel auferlegt hatte. Jemand, dessen Name nicht zu erfahren war, wollte vor dem Haus des Kaufmanns Constans schleichende Schatten gesehen haben; auch hatte er beobachtet, daß sie wenige Schritte weiter Halt gemacht und zur Beratung zusammengetreten waren, worauf er selbst, das Gräßliche ahnend, entfloh. Es wurde vergeblich nach diesem Zeugen geforscht, dessen Stimme hinter andern Stimmen so schnell verklang und der doch, wie mit unsichtbarer Hand, die erste Skizze zu dem Bild des nächtlichen Todeszuges entworfen hatte. Jede Phantasie malte im stillen daran weiter; man sah die Leiche selbst auf der Tragbahre; die Bahre ward mit einer Deutlichkeit beschrieben, als stellte sie das Merkmal der geheimnisvollen Tat vor; ein Tischler zeichnete sie sogar mit großen Kreidestrichen auf die Mauer des Rathauses. Eine an Schlaflosigkeit leidende Dame gab an, sie sei in jener Nacht am Fenster gesessen und habe trotz der Dunkelheit Bancal sowie den Soldaten Colard erkannt, welche die Bahre an den zwei vorderen Stangen trugen. Ferner habe sie den Arbeitsmann Missonier, der den Zug beschloß, fluchen gehört. Vor dem Richter vernommen, geriet sie in ein widerspruchsvolles Wesen, was mit ihrer begreiflichen Erregung entschuldigt wurde. Die Worte waren einmal da; welches Gewicht sie tragen mußten, lag in der Gewalt und Sonderbarkeit der Umstände; das Leichtgesprochene wog im Ohr des zufälligen Hörers schon schwer wie eigene Schuld, so daß er sich der Last zu entledigen trachtete und es weitergab, als brenne es ihm die Zunge wund, falls er im geringsten zögerte. Vielleicht war es diese Schlaflose, vielleicht der namenlose Mund der Fama selbst, welche das Gemälde der Mordkarawane um die Gestalt eines großen, breitschultrigen Mannes bereicherte, der mit einer Doppelflinte versehen war und dem Zug als Anführer vorausschritt. Nun hatte das graue Gewebe einen Mittelpunkt und erhielt eine Art Beleuchtung und Belebung durch die wahrscheinliche und ergründbare Ruchlosigkeit eines einzelnen. Noch zwölf Stunden, und jedes Kind wußte um die genaue Anordnung des nächtlichen Zuges: erst der große starke Mann mit der Doppelflinte, dann Bancal und Colard und Bach und Bousquier, die Bahre tragend, dann der bucklige Missonier als Aufpasser und Nachhut. Bei den letzten Häusern der Stadt wurde der Weg zum Flusse schmal und abschüssig; es war nicht Raum genug für zwei Leute nebeneinander, Bousquier und Colard mußten den Leichnam allein tragen, und Bousquier war es, nicht Missonier, der bei diesem Anlaß fluchte, so laut fluchte, daß der Lizentiat Coulon davon aus dem Schlaf erwachte und nach seinem Diener rief. An der steilen Stelle vor den Weinbergen wurde der Körper des Toten losgewickelt, ins Wasser geworfen und als dies geschehen war, legte der große starke Mann den Teilnehmern mit vorgehaltenem Gewehr ewiges Stillschweigen auf.

Durch diese Handlung trat der Unbekannte mit der Doppelflinte völlig aus dem Nebel des Sagenhaften und des bloßen malerischen Dabeiseins; aus seiner drohenden Gebärde quoll Licht über das Vergangene. Was nach dem Mord geschehen war, hatte nun Umriß und Bewegung. Aber hatte kein Auge den armen Fualdes auf seinem letzten Gang begleitet, hatte niemand gesehen, wie er ahnungslos sein Haus verlassen und, vielleicht munter vor sich hinpfeifend, durch die finstre Rue de l'Ambrague gegangen war, in welcher die Mordgehilfen sicherlich auf der Lauer standen? Doch. Derselbe Lizentiat, den Bousquiers Fluch aus dem Schlummer geschreckt, hatte den Greis um acht Uhr abends in das Gäßchen einbiegen sehen und kurz darauf war ihm jemand mit Eile gefolgt, ob ein Mann oder eine Frau, dessen konnte sich Herr Coulon nicht entsinnen. Ferner meldete sich ein Schlossergeselle, der vor dem Haus des Bürgermeisters Leute gewahrt hatte, die einander Zeichen gaben. Das Haus des Bürgermeisters lag zwar in dem entgegengesetzten Teil der Stadt, das aber kam bei einer so weit versponnenen Verschwörung wenig in Betracht, hatte man doch das Zeugnis eines Kutschers, der um elf Uhr in der Rue des Hebdomadiers zwei Leute unbeweglich stehen sah. Jetzt erinnerten sich viele Bewohner dieser Straße, daß sie beständig flüstern, räuspern und rufen gehört hatten, natürlich ohne in ihrer damals arglosen Stimmung sonderlich darauf zu achten. Es war eine ausgemachte Sache, daß an allen Ecken Wächter postiert waren, ja man hatte sogar eine weibliche Schildwache im Torweg des Zunfthauses bemerkt. Der Schneider Brost behauptete, das Flüstern oder Seufzen deutlicher als alle anderen gehört zu haben; er hatte dann das Fenster geöffnet und sah fünf oder sechs Leute ins Bancalsche Haus gehen, darunter auch den großen starken Mann. Geraume Weile später hatte sein Nachbar beobachtet, wie man einen Menschen über das Pflaster schleppte; er hatte geglaubt, es sei eine Dirne, die man betrunken gemacht, und hatte weiter keinen Sinn dahinter gesucht. Viel bedeutungsvoller als so verworrene Gerüchte schien es, daß noch zwischen neun und zehn Uhr ein Leiermann auf der Rue des Hebdomadiers seine Orgel gedreht hatte. Die Absicht war klar: das Todesgeschrei des Opfers sollte übertönt werden. Es stellte sich bald heraus, daß es zwei Leiermänner gewesen sein mußten, von denen einer, ein Krüppel, am Prellstein vor der Rue de l'Ambrague gehockt war. Freilich war an jenem Tage Jahrmarkt in Rhodez gewesen und die Anwesenheit von Leiermännern hätte deshalb nichts Rätselhaftes gehabt, wenn die späte Stunde sie nicht dem Argwohn preisgegeben hätte. Einige nannten sogar die Mitternacht als Zeit ihres Spiels. Es wurde nach den Musikanten gefahndet und die Dörfer der Nachbarschaft wurden nach ihnen abgesucht, doch sie waren ebenso spurlos verschwunden wie der verdächtige Tabakhändler.

An demselben Vormittag, an dem das Bancalsche Haus durchsucht wurde und ein Polizist im Hof ein weißes Tuch mit dunklen Flecken fand, wurden das Bancalsche Ehepaar, der Soldat Colard, Bach und der Arbeitsmann Missonier festgenommen und mit Ketten beschwert ins Gefängnis gebracht. Stumpf hinstierend saßen die fünf Menschen auf dem Leiterwagen, der sie durch die Straßen fuhr, und den die Volksmenge schwatzend, fluchend und fäusteballend umgab. Im Nu hatte sich die Nachricht von dem gefundenen Tuch verbreitet; daß die Flecken darauf Blutflecken waren, unterstand keinem Zweifel; daß es dazu gedient hatte, Fualdes zu knebeln, war selbstverständlich.

Indes hatte Bousquier, in seiner armseligen Lage allen Halt verlierend, von Verhör zu Verhör gejagt, durch Drohungen geängstigt, durch Hunger gefoltert, durch Freiheitshoffnungen und trügerische Versprechungen verführt, täglich mehr und mehr gestanden. Ihn trieb der Wärter, ihn trieb der Richter, denn dieser handelte unter der Ungeduld und Wut des Volkes und unter dem Gefabel der Zeitungen wie unter einer Peitsche. Bousquier schien verstockt; der Vorhalt seiner früheren Erzählungen, die nun seine Gläubiger waren und ihm immer höhere Wucherzinsen der Lüge erpreßten, genügte schon, ihn kirre zu machen. Er schien müde, er schien unfähig, dem, was er wahrgenommen, Worte zu verleihen, was er gehört, zu beschreiben, – Monsieur Jausion unterstützte ihn durch Fragen, in denen die geforderte Antwort enthalten war.

So gab er zu, daß er ins Bancalsche Haus gekommen sei und daß die Eheleute Bancal, der Tabakshändler, der Soldat Colard, der Schmuggler Bach, zwei junge Frauenzimmer und eine verschleierte Dame im Zimmer gewesen seien. Je mehr Personen er nannte, einen je versöhnlicheren Ausdruck zeigte das Gesicht des Richters, und wie vor den Rachen eines hungrigen Tieres warf er gleichmütig Brocken um Brocken hin. Er mochte sich wohl aus andern Nächten der bunten Gesellschaft in Bancals Stube entsinnen, und so erschien ihm die Person der verschleierten Dame als eine Zutat, die seinen Kredit steigern konnte. Aber Monsieur Jausion fand, daß eine wichtige Figur fehle, und er fragte mit Strenge, ob Bousquier nicht jemand vergessen habe. Bousquier erschrak und überlegte. »Besinne dich gut, Bousquier,« drängte der Richter, »was du verschweigst, kann zum Strick für deinen Hals werden. Also sprich: war nicht auch ein großer starker Mann zugegen?« Bousquier sah ein, daß diese neue Person dazu gehöre. Schattengestalt auf Schattengestalt, zuchtlos und abenteuerlich, tauchte in seinem zerrütteten Kopf empor, und er mußte die Puppen spielen lassen, um seine Peiniger zu befriedigen. Auf die Frage, wie der große starke Mann ausgesehen und wie er gekleidet gewesen, antwortete er: »wie ein Herr.«

Und nun hieß es erzählen, den Schauplatz beleben. Auf dem großen Tisch in Bancals Zimmer lag nicht etwa der Ballen Tabak, um dessentwillen er gerufen worden, sondern eine Leiche. Er wollte fliehen, da eilte ihm der große starke Mann nach und bedrohte ihn mit der Pistole.

Der Richter schüttelte vorwurfsvoll den Kopf. »Mit der Pistole?« fragte er. »Denke nach, Bousquier, war es nicht vielleicht ein Gewehr? war es nicht eine Doppelflinte?« Gut denn, dachte Bousquier wütend, wenn man auf eine Flinte versessen ist, kann es auch eine Flinte gewesen sein; er nickte, als fühle er sich beschämt, und fuhr fort, daß er, solchermaßen am Leben bedroht, in Bancals Stube bleiben und den Helfershelfer machen mußte. Der Tote wurde in ein leinenes Tuch gewickelt, mit Stricken umwunden und auf die Tragbahre gelegt. Diese Tragbahre war mit Hilfe des Gefängniswärters in Bousquiers Phantasie bis zur Vollkommenheit vorbereitet. Doch als er nun den Leichenzug beschreiben sollte, verlor der gemarterte Mensch die Besinnung, und wie er am späten Abend noch einmal zum Verhör geführt wurde – selten versagte die Nacht und das Kerzenlicht im öden Saal seine gespenstigen Wirkungen – da leugnete er wider Erwarten alles ab, weinte, schrie, betete und benahm sich völlig sinnlos. Um ihn zu ermutigen und zu beruhigen, griff Monsieur Jausion zu einem ebenso einfachen als kühnen Mittel; er sagte nämlich, Bach und Colard hätten heute gleichfalls ein Geständnis abgelegt, und es sei erfreulich, daß ihre Angaben mit denen Bousquiers übereinstimmten; wenn er sich nun vernünftig benehme, so sollte er bald das Gefängnis verlassen dürfen.

Bousquier stutzte. Je länger er überlegte, einen je tieferen Eindruck machte ihm das Vernommene. Sein Gesicht wurde bleich und am ganzen Leibe wurde ihm kalt. Es war wie wenn ein wüster Traum plötzlich unleugbares Wachen wird oder wie wenn jemand, der in halber Trunkenheit die erlogene Geschichte eines Unglücks erzählt und mit jeder neuen Einzelheit gewaltiger ins Lügen verwoben wird, plötzlich erfährt, daß sich alles in Wirklichkeit so zugetragen. Eine wunderliche Schwermut nahm von ihm Besitz, ihm graute vor dem Alleinsein in seiner Zelle und er spürte Angst vor dem Schlaf.

In fieberhafter Gier hatte ganz Rhodez den Angaben Bousquiers gelauscht. Endlich erhielt die Gestalt des Unbekannten mit der Doppelflinte Nähe und Greifbarkeit. Daß er ausgesehen wie ein Herr, stachelte die Wut des Volkes, und die legitimistische Partei, die sich zumeist aus den Reichen und Vornehmen zusammensetzte, begann zu zittern. Wahrscheinlich wurde in ihrer Mitte zum ersten Mal der Name genannt, der erst vorsichtig, dann ungescheut, dann anklagend von Mund zu Mund lief und über dem die Wetterwolke, die sich aus einem Nebelstreif gebildet hatte, blitzezuckend stille stand. Es war bekannt, daß Bastide Grammont, der Pächter von La Morne, trotz seiner Verwandtschaft mit dem Advokaten Fualdes in Feindseligkeit oder doch in der drückenden Abhängigkeit eines Schuldners zu dem Alten lebte. Jedermann wußte oder glaubte doch zu wissen, daß es oft stürmische Auftritte zwischen Oheim und Neffen gegeben hatte. War das nicht genug? Dazu das herrische Temperament und herbe Wesen Bastides, der rasche Verkauf von La Morne und eine wohlgegliederte Kette kleiner Verdachtsmerkmale, wer durfte noch zweifeln?

Der unermüdliche Schmied, der da irgendwo in den Lüften oder unter der Erde am Werk war, sorgte dafür, daß der Ring des Verderbens sich schloß und warb mit tückischer Laune seine Gesellen auf allen Gassen, bei hoch und niedrig. Am Vormittag des neunzehnten März waren Fualdes und Grammont auf der Promenade von Rhodez auf-und abgegangen. Eine Trödlerin hatte gehört, wie der Junge zum Alten sagte: »Also heute abend um acht Uhr.« Ein Maurer, der an einem Neubau Sand schaufelte, hatte vernommen, wie Monsieur Fualdes ausrief: »So hältst du mir Wort?« Worauf Bastide Grammont erwiderte: »Beruhigen Sie sich, heute abend werde ich Ihnen die Rechnung machen.« Der Musiklehrer Lacombe erinnerte sich deutlich, wie Bastide dem Alten mit zornfinsterem Gesicht zugerufen: »Sie treiben mich zum Äußersten.« Das zufällige Geschwätz eines Schwätzers gewann im geschäftigen Hörensagen dieselbe Wichtigkeit, wie die ehrlich bewiesene Wahrnehmung, und was etwa vorher oder nachher geredet worden, vermischte und verknüpfte sich zu frecher Willkür. So wollte Professor Vignet, eines der Häupter der Royalisten, gegen sieben Uhr abends, kurz vor dem Mord, in einen Obstladen gekommen sein und dort einen Kollegen getroffen haben. Er erzählte, daß er Bastide Grammont gesehen habe, der in ziemlicher Eile an ihm vorübergegangen war. Er behauptete, ausgerufen zu haben: »Finden Sie nicht, daß Grammont ein unheimliches Gesicht hat?« Worauf der andere bejahte und erwiderte, man müsse sich vor dem Manne hüten. Es meldeten sich Zeugen, die dieses Gespräch bestätigten. Es meldeten sich Zeugen, die Bastide vor dem Bancalschen Hause gesehen haben wollten; er habe mehrmals einen scharfen Pfiff ausgestoßen und sich dann in den Schatten geduckt.

Seit fünf Jahren hauste Bastide Grammont auf La Morne. Er war vielleicht der einzige Mann im ganzen Bezirk, der sich niemals um Politik bekümmerte und allem Parteitreiben fernblieb, und diese stolze Unabhängigkeit gab ihn dem Übelwollen, ja dem Haß seiner Mitbürger preis. Als einmal in Rhodez eine Kundgebung für die Bourbonen stattfinden sollte und die Straßen von einer aufgeregten Menge erfüllt waren; ritt er auf seinem Apfelschimmel gravitätischkühl durch die erhitzten Gruppen und lächelte den beleidigten wilden Blicken, die ihn trafen, mit Geringschätzung entgegen.

Man erzählte, daß er seine Jugend und ein beträchtliches Vermögen in Paris vergeudet habe und daß er von dort menschensatt in die Heimat zurückgekehrt sei. Seine Gepflogenheiten deuteten auf einen das Absonderliche liebenden Geist. In früheren Jahren war ein gelehrter Pater der benachbarten Benediktinerabtei oftmals bei ihm zu Gast gewesen; es hatte geschienen, als ob der stille Mann und Menschenkenner an dem ungebundenen Wesen und der heidnischbrünstigen Naturvergötterung des Einsiedlers Bastide seine heimliche Freude habe; aber als Bastide eine Näherin aus Alby, die hübsche Charlotte Arlabosse, gewaltsam entführt hatte und in wilder Ehe mit ihr lebte, mußte der Benediktiner, dem Befehl seiner Oberen gehorchend, den Verkehr abbrechen.

Von da an verzichtete Bastide überhaupt auf jeden vertraulichen Umgang. Er hatte keinen Freund, wünschte keinen Freund. Hochmütig schloß er sich ab; der Anblick eines neuen Gesichts machte seine Züge fremd und kalt; den Leuten aus der Gesellschaft begegnete er mit verletzender Gleichgültigkeit. Vielleicht war es nur die Furcht vor Enttäuschung, wenn er sich auch dem herzlichsten Werben schroff versagte, denn es lag bisweilen in der Tiefe seines Auges die Sehnsucht selbstungewisser Liebe. Hart werden, weil unerfüllte Ansprüche die Seele beschweren und verdunkeln, einsam bleiben, weil überhebender Stolz sich scheut, das erglühte Herz frei darzubringen und ohne Gerechtigkeit sein, aus Scham und mißverstehendem Trotz, das war vielleicht sein Los und sicher seine Schuld.

Tagelang trieb er sich mit seinen Hunden in den Tälern der Sevennen herum. Er sammelte Steine, Pilze, Blumen, fing Vögel und Schlangen, jagte, sang und fischte. Ging ihm etwas in die Quere und war sein Blut in Wallung, so nahm er das feurigste Pferd aus dem Stall und ritt etwa über die gefährlichen Felsenpfade nach Rieux. Im Winter, in kalter Morgenstunde, sah man ihn im Wasser des Flusses baden, in schwülen Sommernächten lag er nackt und fiebernd unter freiem Himmel. Er behauptete dann, er sähe die Sterne tanzen und fühle die Erde zittern. Um die Zeit der Weinlese war er, ohne je zu trinken, wie im Rausch; er veranstaltete Feste mit Musik und Fackelzügen und machte den Schutzpatron aller Liebesverhältnisse unter dem Winzervolk. Bei langdauerndem schlechten Wetter wurde er blaß, schlaff und überempfindlich, verlor Schlaf und Appetit und geriet in plötzliche Wutanfälle, die der Schrecken seiner Leute waren; bei einer solchen Gelegenheit fällte er einmal mit der Axt ein halb Dutzend der herrlichsten Bäume im Garten, die er, wie alle wußten, so leidenschaftlich liebte, als ob sie seine Brüder wären.

Daß bei seiner ungeordneten Verwaltung der Ertrag des Gutes von Jahr zu Jahr geringer wurde, war keinem erstaunlich als ihm allein. Er geriet in Schulden, aber davon zu sprechen oder daran zu denken, bereitete ihm den größten Widerwillen und was er dagegen unternahm, war eine regelmäßige Beteiligung an verschiedenen Lotterien, deren Ziehungstermine er stets mit kindlicher Ungeduld erwartete.

Als das Gericht, der unüberhörbaren Meinung und Anklage des Volkes gehorchend, die Verhaftung Bastides anordnete, wußte dieser schon, was gegen ihn im Werke war. Er saß, mit einer Holzschnitzerei beschäftigt, unter einer mächtigen Platane, als die Huissiers auf dem Hof erschienen. Charlotte Arlabosse stürzte zu ihm und packte seinen Arm, doch er machte sich los und sagte: »Laß sie nur gewähren, die Eiterbeule ist schon lange reif.« Mit ironischer Grandezza trat er den Bewaffneten entgegen und rief: »Euer Diener, meine Herren.«

Die Bewohner von La Morne wurden einem strengen Verhör unterworfen. Nach Bastides eigener Angabe war er am Nachmittag des neunzehnten März nach Rhodez geritten; um sieben Uhr abends sei er schon bei seiner Schwester im Dorfe Gros gewesen, dort habe er übernachtet, sei am Morgen nach La Morne zurückgekehrt, dann auf die Nachricht vom Tode des Oheims wieder nach Rhodez geritten und habe sich ungefähr eine halbe Stunde lang in Fualdes Haus aufgehalten. Seine Schwester bestätigte, daß er die Nacht in ihrem Hause verweilt habe, und fügte hinzu, er sei im Gespräch besonders heiter und liebenswürdig gewesen. Auch die Magd, die ihm aufgewartet und das Bett bereitet hatte, sagte aus, daß er sich um zehn Uhr schlafen gelegt habe.

Diesen Zeugen wurde nicht geglaubt, ja sie wurden bald darauf als verdächtig in Haft genommen. Von den Leuten auf La Morne schwatzte der eine dies, der andere das. Um nur irgend etwas zu sagen und nicht als Dummköpfe oder Mitschuldige dazustehen, verwickelten sie sich in Reden von bedeutungsvoller Dunkelheit, und so äußerte ein Diener, daß die graue Stute des Herrn, wenn sie zu sprechen vermöchte, von sauren Ritten in jener Nacht erzählen könnte. Die Mägde faselten oder vergossen Tränen, Charlotte Arlabosse entfloh sogar, wurde in den Weingärten ergriffen und ins Stadtgefängnis gebracht.

Bousquier und seinen Gefährten blieben diese Ereignisse keineswegs verborgen, ja es wurden ihnen geringfügige Umstände mit wichtiger Betonung mitgeteilt, um sie sicher zu machen und ihrem Gedächtnis nachzuhelfen. Hauptsächlich auf den Schmuggler Bach hatte es nun der Untersuchungsrichter abgesehen, den man zuerst wie auch das Ehepaar Bancal zu keiner Angabe hatte bewegen können. Er hatte Richter und Wärter mit heftigen Wutausbrüchen erschreckt und war zur Strafe und Bändigung in Ketten gelegt worden. Ohne es eigentlich zu wissen, litt dieser Mensch an ungeheurer Sehnsucht nach seiner Freiheit, denn er war das Muster eines schweifenden Vagabunden und Strolches. In einer Nacht, als er versucht hatte, sich durch Zusammenpressen der Kehle zu töten, machte ihn Monsieur Jausion mit den Geständnissen seines Kameraden Bousquier bekannt und ermahnte ihn, auch seinerseits der fruchtlosen Verstocktheit zu entsagen. Da verwandelte sich plötzlich das Benehmen des Menschen; er schien heiter, wurde mitteilsam und sagte boshaft grinsend: »Nun gut, wenn Bousquier viel weiß, so weiß ich noch mehr«. Und in der Tat, er wußte mehr. Er war ein Stotterer und nutzte dieses Übel aus, um Zeit zur Überlegung zu gewinnen, wenn die Einbildungskraft erlahmen wollte, und so oft er sich ins Gebiet des Märchenhaften verirrte, führte ihn der scharfsinnige Monsieur Jausion sanft auf die Straße der Wirklichkeit zurück.

Er erzählte also: Als er mit Bousquier ins Zimmer trat, saß der Advokat Fualdes auf einem Stuhl beim Tisch und mußte Wechsel unterschreiben. Der große starke Mann, Bastide Grammont nämlich, – kein Zweifel, es war Grammont; Bach vertraute darin den Mitteilungen des Richters und der beredsamen Fama – steckte die unterschriebenen Papiere in seine Brieftasche. Währenddessen kochte Frau Bancal einen Imbiß, Hühner mit Gemüse und Kalbfleisch mit Reis; eine wichtige Schattierung, durch welche die Kaltblütigkeit der Mörder bezeichnet wurde. Kurz vor acht Uhr kamen zwei Tamboure herein, aber das Gesicht des Wirts oder des fremden Herrn mißfiel ihnen, sie glaubten zu stören und gingen wieder, worauf das Haustor versperrt wurde. Doch wurde dann noch mehrmals gepocht; das verabredete Zeichen waren drei kurze Schläge mit der Faust und nach und nach kamen der Soldat Colard mit seiner Geliebten, der bucklige Missonier, eine vornehme verschleierte Dame mit grünen Federn auf dem Hut und ein Tabakshändler im blauen Rock. Der Hut mit grünen Federn war ein besonderer Beweis von Bachs Erfindungsgabe und stach malerisch glaubhaft ab von dem blauröckigen Tabaksmann.

Um halb neun Uhr brachte Frau Bancal ihre Tochter Magdalene in die Dachkammer zum Schlafen, und nun erklärte Bastide Grammont dem alten Mann, daß er sterben müsse. Das beschwörende Flehen des Opfers hatte keinen andern Erfolg, als daß ihn der starke Bastide ergriff und trotz seines heftigen Sträubens auf den Tisch legte, von welchem Bancal rasch zwei Brote wegnahm, die irgend jemand mitgebracht hatte. Fualdes schrie jämmerlich, man möge ihm einen Augenblick Zeit lassen, damit er sich mit dem Himmel versöhnen könne, doch Bastide Grammont entgegnete barsch: »Versöhne dich mit dem Teufel!«

Hier unterbrach Monsieur Jausion die Erzählung und fragte mit treuherziger Neugier, ob nicht vielleicht in diesem Moment eine Drehorgel vor dem Haus zu spielen angefangen hätte. Bach bestätigte es eifrig und fuhr in seinem Bericht fort, der nun ihm selber Spannung und Grauen verursachte: Colard und Bancal hielten dem Alten die Beine, während der Tabakshändler und Colards Geliebte Arme und Kopf packten. Ein Herr mit einem Stelzfuß und einem dreispitzähnlichen Hut hielt die Kerze hoch. Das Auftauchen dieser neuen Figur hatte etwas Unheimliches und wenn sie nichts darstellen sollte als einen die Schauer der Mordnacht vervollständigenden Schnörkel, so erfüllte sie ihren Zweck trefflich. Der kerzenhaltende Stelzfuß glich einem verruchten Schatten aus der Unterwelt, und es war nicht vonnöten, das schmale Kinn, das feixende Maul, das geisterhafte Auge besonders zu schildern.

Mit einem breiten Messer versetzte Bastide Grammont dem Alten einen Stich; durch eine übermenschliche Anstrengung gelang es Fualdes, sich loszureißen, er sprang auf, schon zu Tod verwundet, mit heiserem Gurgeln durch das Zimmer; Bastide Grammont ihm nach, umklammerte ihn, warf ihn abermals auf den Tisch, der Tisch wankte, ein Bein brach; nun trug man den Sterbenden auf zwei rasch zusammengerückte Bänke und Bastide Grammont stieß das Messer tief in seinen Hals. Mit dem letzten Seufzer des Greises kamen Bancal und seine Frau und fingen das herunterfließende Blut in einem irdenen Tiegel auf; was über die Dielen rann, scheuerten die Weiber ab. In den Taschen des Ermordeten fand sich ein Fünffrankenstück und mehrere

Soustücke. Bastide Grammont warf das Geld in die Schürze der Bancal und sagte: »Nehmt! wir töten ihn nicht um dieses Geldes willen«. Es wurde auch ein Schlüssel gefunden, den steckte Bastide zu sich. Frau Bancal hatte Lust zu dem feinen Hemde des Toten und bemerkte lüstern, es sähe wie ein Chorhemde aus, doch lenkte man sie von ihrer Begierde ab, indem man ihr einen Amethystring von Fualdes Finger schenkte. Dieser Ring wurde am andern Tag von einem unbekannten Herrn gegen eine Entschädigung von zehn Franken wiedergeholt.

Als Bachs Erzählung mit ihrer ganzen Umständlichkeit und ihrer heuchlerischen Fülle seltsamer und einleuchtender Einzelheiten bekannt wurde, fehlte nicht viel und man hätte den phantasievollen Schurken wie einen Erlöser gefeiert. Die Entrüstung nährte den Glauben und Kritik erschien als Verrat. Das Publikum, die Zeugen, die Richter, die Behörden, alle glaubten an die Tat und alle begannen mitzudichten. Bach und Bousquier, die einander gegenübergestellt wurden, stritten sich und einer schimpfte den andern Lügner; der eine wollte vor, der andere nach dem Mord ins Bancalsche Haus gekommen sein, der eine behauptete, zugegriffen zu haben, der andere wollte bloß die in ein Bettuch und mit Stricken umschnürte Leiche aufgeladen haben. Der blödsinnige Missonier bezeichnete noch eine Reihe anderer Personen, die er im Bancalschen Hause gesehen hatte, zwei Notare aus Alby und einen Koch. In der Kneipe der Rose Feral, wo allerlei schlechte Individuen verkehrten und alte Kriegstaten und Diebstähle zur Sprache kamen, wurde am Mordabend die Plünderung eines Hauses besprochen, das einem Liberalen gehörte. Dieses Gerücht war darauf berechnet, den Schrecken der ruhigen Bürger zu vergrößern, und daß sich nachher alle Verschwörer, auch wohlhabende Leute, in Bancals Wohnung einfanden, mochte weiter nicht auffallen. Alles stimmte in dem verworrenen und höllischen Gewebe, in den Kleidern des toten Fualdes war kein Geld, an seinen Fingern kein Ring gefunden worden; Grammont hatte noch am siebzehnten März den Gerichtsvollzieher im Hause gehabt und dieser Umstand, rechtzeitig emporgetrieben aus dem Lügensumpf, gab Sicherheit. Bastide war unrettbar verstrickt. Die Gefangenen untereinander gerieten in Bedrängnis durch die fühlbare Unruhe des Volkes; jeder erschien dem andern als schuldig, jeder gab, was man nur wissen wollte, vom andern zu, um sich selber zu entlasten; sie kannten ihr Schicksal nicht, sie verloren den Sinn für die Bedeutung der Worte, sie spürten nicht mehr sich selbst, ihren Leib, ihre Seele, sie fanden sich umspannt von einer unsichtbaren Klammer und jeder suchte sich auf eigene Rechnung zu lösen, ohne zu wissen, was er denn eigentlich getan oder unterlassen habe. Täglich fanden neue Verhaftungen statt, kein durchreisender Fremdling war seiner Freiheit sicher und nach einigen Wochen war halb Frankreich von dem Rausch der Wut, des Racheverlangens und der Furcht ergriffen. Aus den Gestalten des lächerlich-grauenvollen Mordgetümmels tauchte bald diese, bald jene deutlicher und wesenhafter empor, und am wichtigsten erschien schließlich, weil immer von neuem genannt, die verschleierte Dame mit den grünen Federn auf dem Hut; ja sie wurde allmählich zum Mittelpunkt und zur treibenden Gewalt der blutigen Handlung, vielleicht nur, weil ihre Herkunft und Existenz ein Geheimnis blieb. Von vielen Stimmen wurde Charlotte Arlabosse verdächtigt, aber sie konnte ihre Unschuld durch kaum angreifbare Zeugnisse erhärten, auch erschien sie als zu harmlos und zu sehr als das Opfer von Bastides tyrannischer Grausamkeit, um dem dämonischen Bilde der mysteriösen Unbekannten zu entsprechen.

Während Bach und Bousquier in einem Wetteifer, durch den sie ihr eigenes Verderben beflügelten, mit immer neuen Erfindungen die Behörde zur Milde bestachen und durch Bezichtigungen, zu welchen sie das unterirdisch ihnen zusickernde Gerede ermunterte, den trüben Quellen frische Nahrung zuführten; während der Soldat Colard und das Ehepaar Bancal infolge der harten Gefangenschaft, der unnachsichtigen Behandlung der Wärter und der folternden Verhöre in Delirien des Wahnsinns gestürzt wurden, so daß sie Dinge berichteten, welche selbst der an ein Übermaß schon gewöhnte Monsieur Jausion als Traumgeburten bezeichnen mußte; während die übrigen Häftlinge, haltlos zwischen eigenen Erlebnissen und krankhaften Visionen steuernd, immer einer den andern verdächtigte und heute widerriefen, was sie gestern beschworen, bald um Gnade winselten, bald sich trotzig verschlossen; während die Bewohner der Stadt, der Dörfer, der ganzen Provinz mit einem Fanatismus, dessen Feuer von dunklen Hütern bewacht und gespeist wurde, die Beendigung des langwierigen Verfahrens und die Bestrafung der Missetäter forderten; während endlich das Gericht in der unbeherrschbar anwachsenden Flut der Beschuldigungen und Verleumdungen Weg und Richtung verlor und im Begriffe war, ein Werkzeug in den Händen des Pöbels zu werden; – währenddessen war es den uferlosen Kräften gelungen, das Gemüt eines Kindes zu vergiften, welches als Zeuge auftrat gegen Vater und Mutter und das betörte Volk glauben machte, Gott selbst habe durch ein Wunder die Zunge einer Unmündigen gelöst.

Schon am Anfang war die elfjährige Magdalena Bancal vom Untersuchungsrichter befragt worden; sie hatte nichts gewußt. Darnach kam das Kind ins Hospiz, und auf einmal meldeten sich Personen, die von andern und diese, die wieder von dritten und vierten Personen gehört hatten, das Mädchen habe gesehen, wie man den alten Mann auf den Tisch gelegt und wie man ihrer Mutter Geld gegeben habe. Freilich ermittelte der Gerichtsrat Pinaud, der einzige Mann, der in dem wüsten Wirrsal Klarheit und Urteil behielt, daß Magdalena von dem Ökonomen des Hospizes, sowie von andern Leuten Geschenke erhielt; aber da war es schon zu spät, um die Wurzel der Lüge zu entdecken und zu töten. Immer fester wurde dem Kind seine erste Aussage eingeredet und die Erzählung erweiterte sich, je mehr man ihm Aufmerksamkeit schenkte und seiner Eitelkeit schmeichelte, so daß es in Wahrheit alles erlebt zu haben glaubte und sich in der Teilnahme und dem Bedauern der Erwachsenen wohl fühlte. Ihre Mutter hatte sie auf den Dachboden geführt, so berichtete Magdalena, aber dann war sie aus Furcht vor Kälte heimlich wieder heruntergeschlichen und hatte sich im Bett des Alkovens versteckt. Durch ein Loch im Vorhang konnte sie alles gewahren und belauschen. Als der Alte erstochen werden sollte, lief die Dame mit den grünen Federn entsetzt in die Kammer und suchte durchs Fenster zu fliehen. Bastide Grammont zog sie hervor und wollte sie umbringen. Bancal und Colard baten um Schonung für sie und sie mußten einen furchtbaren Eid schwören, der sie zum Schweigen verband. Ein wenig später sah Grammont, dessen Argwohn nicht stille wurde, auch im Bett nach. Magdalena stellte sich schlafend. Er betastete sie zweimal und sagte dann zur Mutter, sie möge sehen, sich des Kindes zu entledigen, was Frau Bancal um vierhundert Franken zu tun versprach. Am andern Morgen wurde das Kind von der Mutter aufs Feld geschickt, wo der Vater gerade ein tiefes Loch gegraben hatte. Sie glaubte, der Vater werde sie hineinwerfen, aber er umarmte sie weinend und ermahnte sie zur Frömmigkeit.

Wäre man auch jedes andere Zeugnis zu bezweifeln bereit gewesen, der Bericht des Kindes galt als unwiderleglich, und niemand fragte darnach, wie er zustande gekommen, wie man das unwillende Geschöpf umworben, bestochen und durch Beifall und Zärtlichkeit oder gar durch Furcht trunken gemacht hatte. Man zog aus seinen Schreckträumen Nutzen, indem man es nachts aus dem Schlaf zerrte; jeder neue Einfall war willkommen, das Mädchen glaubte etwas Vortreffliches zu leisten und gab sich immer bereitwilliger an seine Rolle. Solcherart formte sie Dinge aus dem Nichts heraus, die geeignet waren, auf das Fieberbild der Mordnacht ein wunderliches Wirklichkeitslicht zu werfen, zum Beispiel, wie die Mutter am Morgen mit demselben Messer Brot geschnitten hatte, mit dem der alte Herr erstochen worden war, und wie Magdalena das Brot zurückgewiesen hatte, weil ihr davor geschaudert; oder wie das im Tiegel aufgefangene Blut einem der Schweine zu trinken gegeben und wie das Tier darnach wild geworden und schreiend durch den Hof gerast sei.

Bastide Grammont ließ mit kalter Gelassenheit Verhör um Verhör über sich ergehen. Seine trocken-hochmütige Würde, sein spöttisches Lächeln, sein stummes Achselzucken setzten Monsieur Jausion nicht selten in Verlegenheit. Doch kam es wohl vor, daß er, von Ungeduld hingerissen, dem Richter kurzweg das Wort entriß und kühn und beredt an dem gebrechlichen und dennoch unzerstörbaren Bau der Indizien rüttelte.

»Falls es in meinem Plan und Interesse gelegen war, den Oheim ums Leben zu bringen, bedurfte es dann einer Verschwörung von so vielen Personen?« so fragte er etwa und die Verachtung machte seine Züge flammen. »Soll ich so dummschlau sein und mich mit Bordellwirten, Dirnen, Schmugglern, alten Weibern und abgestraften Verbrechern verbünden, Leuten, die zeitlebens meine Meister und Mahner geblieben wären, selbst wenn Stillschweigen zu ihren

Tugenden gehörte? Läßt sich etwas Sinnloseres ausdenken, als einen Mann auf offener Straße zu ergreifen und ihn in ein ohnehin verdächtiges Haus zu schleppen? Wozu das alles? Gab es für mich keine bessere Gelegenheit? Konnte ich den Alten nicht auf das Gut locken, ihn im Wald erschießen und verscharren? Ich hätte ihn zum Unterschreiben von Wechseln gezwungen, – wo sind sie, die Wechsel? Sie müßten doch zum Vorschein kommen und mich bloßstellen. Sie sagen selbst, das Bancalsche Haus sei so verwahrlost, daß man von der Wohnung der Spanier durch die morschen Bretter in Bancals Stube blicken kann; warum hat dann Monsieur Saavedra nichts gehört? Aha, er hat geschlafen. Guter Schlaf das. Oder ist er auch im Komplott, wie meine Mutter, meine Schwester, meine Geliebte, meine treuen Diener? Und alles zugegeben, genügten nicht die Bancalschen Eheleute zur Hilfe, einen schwachen Greis zu töten und beiseite zu schaffen, mußte ich dazu ein halb Dutzend verdächtige Kerle aus den Kneipen holen? Warum hat mein Oheim nicht geschrieen? Er war geknebelt, schön; aber der Knebel ist auf dem Hofe gefunden worden. So hat er doch geschrieen, als der Knebel entfernt war, und ich habe die Leiermänner spielen lassen. Sehr geistreich, das mit den Leiermännern, aber solche Drehorgeln machen doch Lärm und locken Leute an die Fenster und auf die Straße. Und warum das Opfer schlachten, da so viele starke Männer es leicht hätten erwürgen können? Zeigen Sie mir den ärztlichen Befund, Monsieur, ob darin von einem Stich und nicht vielmehr von einem Riß die Rede ist. Und welches Geschwätz, das mit dem Leichenzug, welche verräterischen Anstalten in einem Land, wo jeder Grenzpfahl Augen hat! Man beschuldigt mich, am andern Morgen in meines Oheims Haus gestürmt zu sein und Papiere geraubt zu haben. Wo sind diese Papiere? Mein Oheim starb fast arm. Seine Forderung an mich ist an den Präsidenten Seguret übergegangen. Wozu also die Tat? Was will man von mir? Wer, der Augen hat, sieht meine Hände befleckt?«

Diese Sprache war herausfordernd. Sie erweckte den Unwillen des Gerichts und den gesteigerten Haß der Menge, die davon entstellte Kunde erhielt. Aus Angst vor dem Volk wagte kein Advokat die Verteidigung Bastide Grammonts zu übernehmen. Monsieur Pinaud, der allein den Mut hatte, auf die Unwahrscheinlichkeit und die abenteuerliche Herkunft der meisten Zeugenaussagen zu verweisen, hätte seinen Eifer für die Wahrheit fast mit dem Leben bezahlen müssen. Eines Nachts zog ein Pöbelhaufen, darunter auch Bauern, vor sein Haus, zertrümmerte die Fensterscheiben, demolierte das Tor und legte Feuer auf der Treppe an. Nur mit Mühe konnte sich der erschrockene Mann ins Freie retten, und er floh nach Toulouse.

Wohl erkannte Bastide Grammont, daß es für ihn zunächst keinen Widerstand gab; er entschloß sich, alle Tapferkeit in Geduld zu verwandeln und seine Lippen so zu verschließen, als ob sie die Türen wären, durch welche die Hoffnung entfliehen könnte. Er, der freieste der Menschen, mußte die strahlenden Tage des Frühlings, die duftigen Abende des Sommers in einem feuchten Loch zubringen, das den eigenen Atem ekel machte; er, zu dem die Tiere redeten, den die Blumen mit Augen anblickten, für den die Erde zu gewissen Zeiten etwas wie einen Glanz von Verliebtheit hatte, der zu gehen, zu schreiten, zu wandern, zu reiten wußte so wie Künstler entzückende Werke schaffen, er mußte, durch ein widersinniges Spiel unbegreiflicher Umstände bezwungen, den Vorgeschmack des Grabes kosten und entbehren, was ihm das innerste und eigenste des Lebens war. Häufig wurden die Nächte des Trotzes, wo der Blick überfloß und stumpf wurde im Gedanken der Schmach; häufiger die Tage nicht zu beherrschender Sehnsucht, wo jedes von der nassen Mauer bröckelnde Sandkorn an das wunderbare Wirken und Weben der Erde, der Wiese, des Waldes gemahnte. Von den Ereignissen, die sein Schicksal verdunkelt hatten, wandte er alles Nachdenken angewidert ab, und er hörte es kaum, als eines Morgens der Wärter erschien und ihm frohlockend mitteilte, daß die geheimnisvolle Unbekannte, welcher es bestimmt war, Haupt-und Kronzeugin zu werden, die Dame mit den grünen Federn endlich gefunden sei; sie habe sich selbst gemeldet und es sei die Tochter des Präsidenten Seguret, Madame Clarissa Mirabel.

Bastide Grammont blickte finster vor sich hin. Aber von Stund an umflatterte dieser Name sein Ohr wie der Flügelschlag des unabwendbaren Fatums.

So war es: Madame Mirabel hatte bekannt, daß sie während der Mordnacht im Bancalschen Haus gewesen sei. Doch geschah dies Geständnis im Drang eines sonderbaren Augenblicks, und es verfloß nicht so viel Zeit, wie das flinke Gerücht brauchte, um offenbar zu werden, da nahm sie alles wieder zurück. Aber das Wort war gefallen und zeugte Tat auf Tat.

Clarissa Mirabel war das einzige Kind des Präsidenten Seguret. Sie war auf dem Land erzogen worden, in dem alten Schloß Perrié, das ihr Vater beim Anbruch der Revolution gekauft hatte. Die politischen Stürme und die Unsicherheit der Zustände waren schuld, daß sie in ihrer Kindheit keines regelmäßigen Unterrichts genoß. Die tiefe Abgeschiedenheit, in der sie aufwuchs, begünstigte ihre Anlage zur Schwärmerei. Sie vergötterte ihre Eltern und in den bewegten Zeiten der Anarchie zeigte die erst vierzehnjährige Jungfrau an der Seite ihres Vaters einen solchen Opfermut und solche Hingabe, daß sie dadurch die Aufmerksamkeit des Oberst Mirabel erregte, der dann fünf Jahre später kam und um sie warb. Sie liebte ihn nicht, – kurz vorher hatte sie ein seltsam-romantisches Verhältnis mit einem Hirten der Gegend angeknüpft, – doch heiratete sie, weil ihr Vater es befahl. Die Ehe war nicht glücklich; nach drei Monaten trennte sie sich von ihrem Mann; der Oberst ging mit dem Heer nach Spanien. Als der Krieg zu Ende war, kam er zurück und ließ Clarissa sein Verlangen andeuten, daß sie bei ihm wohnen solle, doch weigerte sie sich, erklärte auch schriftlich ihre Weigerung, zornig darüber, daß er fremde Leute schickte, um mit ihr zu unterhandeln. Doch erfuhr sie, Mirabel sei verwundet, und dies änderte ihren Sinn. In der Nacht, auf verborgenen Wegen, unter umständlichen Förmlichkeiten wurde der Oberst ins Schloß getragen, und in einem abgelegenen Zimmer pflegte ihn Clarissa mit treuer Sorgfalt. Solange es geheim blieb, fesselte sie die neuartige Beziehung zu dem Mann als Liebhaber, doch die Mutter entdeckte alles und glaubte, der völligen Aussöhnung zwischen den Gatten stehe nichts im Wege. Clarissa wußte ihren Mann zu entfernen; in einem Gehölz beim Dorf hatte sie abendliche Zusammenkünfte mit ihm. Oberst Mirabel wurde aber des wunderlichen Treibens überdrüssig; er erhielt eine Anstellung in Lyon, starb aber kurz darauf an den Folgen seiner Ausschweifungen.

Jahre gingen hin; auch die Mutter starb und die Trauer Clarissas war so groß, daß sie tagelang nicht vom Grabe wich und nur durch den Einfluß des leichter getrösteten Vaters zu bewegen war, sich wieder in das einsam-leere Dasein zu fügen. Völlig sich selbst überlassen, ergab sie sich dem Genuß ungewählter Lektüre und ihre Wünsche richteten sich mit verborgener Glut auf große Erlebnisse. Sie brachte sich durch auffällige Neigungen und Gewohnheiten in das kleinstädtische Gerede; sie ließ Kinder und halbwüchsige Knaben und Mädchen ins Schloß kommen, deklamierte ihnen Verse und richtete sie zum Theaterspielen ab. Ihr zwangloser Charakter erweckte Feinde; sie sagte, was sie dachte, verletzte ohne böse Absicht, stiftete Verwirrung und Klatsch in aller Unschuld, übertrieb das Geringfügige und übersah das Große, gefiel sich zuweilen in Maskeraden, Verkleidungen und erdichteten Rollen und bezauberte doch wieder den Empfänglichen durch die Anmut ihrer Rede, die heitere Beweglichkeit ihres Geistes, das gewinnend Herzliche ihrer Manieren.

Sie war jetzt fünfunddreißig Jahre alt; aber nicht nur, weil sie außerordentlich schlank, klein und zart war, sah sie aus wie ein achtzehnjähriges Mädchen, sondern es war auch in ihrem Wesen eine tiefe und ungewöhnliche Jugend, und wenn ihr Auge voll und nachdenklich auf einem Gegenstand ruhte, hatte es die Klarheit und träumerische Süße des Kinderblicks. Sie war gleichsam ein Erzeugnis der Grenze: südliche Lebhaftigkeit und nordische Schwere waren zu ruheloser Mischung gediehen; sie grübelte gern und wie ein Tierlein spielend, vermochte sie in Männern aller Art ein mit Scheu gemengtes Begehren zu erregen.

Von der Flut der Gerüchte über den Tod des Advokaten Fualdes blieb sie zunächst unberührt, obwohl ihr Vater durch den Kauf der Domäne La Morne mittelbar an den Ereignissen beteiligt schien und täglich neue Nachrichten ins Schloß getragen wurden. Der Vorfall war ihr zu verwickelt und alles was damit zusammenhing, roch so sehr nach Schmutz. Erst als der Name Bastide Grammonts genannt wurde, horchte sie auf, verfolgte die Dinge und ließ sich den geglaubten Hergang vom Vater oder von den Dienerinnen berichten, wobei sie mehr Teilnahme als Verwunderung bezeigte.

Sie wußte nichts von Bastide Grammont. Des ungeachtet fiel sein Name, kaum daß sie ihn gehört, wie ein Gewicht in ihr lauschendes Innere. Sie fing an, sich nach ihm zu erkundigen, unternahm heimliche Ritte nach La Morne und brachte den einen oder andern seiner Leute über ihn zum Reden, ja einmal gelang es ihr sogar, mit Charlotte Arlabosse zu sprechen, die um jene Zeit schon wieder in Freiheit war. Was sie vernahm, erzeugte in ihr ein eigentümliches, schmerzhaftes Staunen; ihr war zumut, als hätte sie eine wichtige Begegnung versäumt.

Dazu kam, daß sie sich plötzlich erinnerte, ihn gesehen zu haben. Er mußte es gewesen sein, wenn sie die verworrenen Schilderungen seiner Person nur halbwegs recht verstand. Es war ein Jahr zuvor gewesen, an einem frühen Morgen im ersten Frühjahr. Von der allgemeinen Unruhe gepackt, durch die der erwachende Lenz das Blut aufwühlt und den Schlaf schneller als sonst beendigt, hatte sie das Schloß verlassen und war zu Fuß über die Weinbergwege in das bewaldete Tal von Rolx gewandert. Und während sie durch die sonnebeglänzten, feuchten Gebüsche schritt, über sich das Jubeln der Singvögel und das glühende Blau der Himmelskugel, unter sich die wie ein Leib atmende Erde, hatte sie einen Mann von mächtigem Gliederbau gewahrt, der aufrecht dastand, barhäuptig, die Nase in der Luft und mit einer überirdischen Begierde, mit aufgerissenen Augen genoß, was eben zu genießen war: die Düfte, die Sonne, die berauschende Feuchtigkeit, den Glanz des Äthers. Er schien dies alles zu riechen, er schnupperte wie ein Hund oder wie ein Hirsch und indes sein nach oben gekehrtes Gesicht eine entfesselte, lachende Befriedigung zeigte, zitterten die herabhängenden Arme wie in Krämpfen.

Damals hatte sich Clarissa gefürchtet; sie war entflohen, ohne daß jener sie bemerkte, ohne daß er das Rascheln der Zweige und den Schall ihrer Tritte vernahm. Jetzt gewann das Bild eine andere Bedeutung. Oft wenn sie allein war, gab sie sich der Ausmalung jener Stunde hin: wie sie dem Sonderling entgegentrat, ihm durch ein tiefberechnetes Spiel von Fragen Antwort um Antwort von den trotzigen Lippen raubte und wie er dann, unfähig sich länger zu verstellen, aus eigenem Trieb sein Herz aufschloß. Und eines Nachts kam er auf wildem Pferd, drang ins Schloß, nahm sie und ritt mit ihr davon, so schnell, daß es schien, als sei der Sturm sein Diener und als sei das Roß vom Sturm beflügelt. Wenn die Rede bei Tisch oder in Gesellschaft auf Bastide Grammont kam und seine von allen unbezweifelte Mordschuld, beschäftigte sich Clarissa niemals mit dem Entsetzlichen der Tat, die einen solchen Mann auf ewig von der Gemeinschaft der Guten trennen mußte, sondern, umhüllt von wollüstigem Dunst, empfand sie die Wirkung seiner Kraft, das Heroische einer Gebärde, die Wahrheit einer Existenz und die Gewißheit von der erreichbaren Nähe jener Gestalt, die aus ihren bangen Träumereien nicht mehr weichen wollte. Sie erschrak über sich selbst, sie staunte in die gefürchteten Abgründe der eigenen Brust hinab und oft war ihr, als läge sie, sie selbst im Kerker und als ginge er, Bastide, draußen auf und ab und sinne auf Mittel, die Türe zu sprengen, während sein beflügeltes Pferd triumphierend wieherte.

Nun war sie versponnen in all das Reden., Raunen und Fabulieren und der ganze Knäuel von Scheußlichkeiten, in welchem Plan und Willkür unlösbar verwühlt waren, rollte stetig anwachsend auch vor ihren Weg. Es ergriff sie immer sonderbarer, und sie glaubte in vergifteter Luft zu atmen; sie ging durch eine Straße in Rhodez und wähnte aller Augen Rechenschaft fordernd auf sich gerichtet, so daß sie ihren Schritt beschleunigte, bleich und verwirrt nach Hause eilte und mit stockenden Pulsen vor einem Spiegel stille stand.

Vor nicht langer Zeit war sie auf dem Gut einer Familie zu Gast gewesen, die ihrem Vater befreundet war. Eines Tages geriet der Herr des Hauses, ein Gelehrter, über den Verlust einer wertvollen Handschrift in Unruhe und Sorge. Die Dienstleute wurden aufgeboten, jeden Raum zu durchstöbern, doch eines Diebstahls wurde niemand verdächtigt. Clarissa geriet nach und nach in einen qualvollen Zustand; sie bildete sich ein, man beargwöhne sie; in jedem Wort spürte sie den Stachel, in jedem Blick eine Frage, mit Angst und Eifer nahm sie am Suchen teil, schon hatte sie Fiebergesichte von Kerker und Schande, wollte zum Vater eilen, ihre Unschuld beteuern, – da fand sich plötzlich die Handschrift unter alten Büchern, Clarissa atmete auf wie von Todesgefahr errettet und nie zuvor war sie so witzig, gesprächig und hinreißend liebenswürdig gewesen wie in den darauffolgenden Stunden.

Als in der Phantasie der Menge mit den übrigen bei der bestialischen Abschlachtung des armen Fualdes Beteiligten die Dame mit den grünen Federn zu immer deutlicherer Gestaltung erwuchs, wurde Clarissa von einer Bestürzung erfaßt, mit der sie anfangs nur spielte, wie um sich auf einem Ungefähr zu erproben oder auf einer Möglichkeit zu schaukeln, gleich einem Knaben, der mit angenehmem Gruseln die gefrorene Decke eines Flusses auf ihre Festigkeit prüft. Sie verschlang die Berichte der Zeitungen. Das zaghafte Tändeln ward zu einer plagenden Vorstellung, hauptsächlich durch den Umstand, daß sie einen Hut mit grünen Federn wirklich besaß. Daran konnte nichts Auffälliges gefunden werden. Die Mode erlaubte es, grüne, gelbe oder rote Federn zu tragen; trotzdem wurde der Besitz des Hutes für Clarissa zur Qual. Sie wagte nicht mehr, ihn zu berühren, ihr schien, als seien die Federn mit einem blutigen Schimmer umhüllt und schließlich versteckte sie ihn in einer Rumpelkammer unter dem Dach.

Sie beschäftigte sich mit Reiseplänen, wollte nach Paris, aber der Entschluß wurde täglich wieder wankend. Indessen kam der Juni. Eine wandernde Theatergesellschaft kündete in Rhodez Vorstellungen an, und ein Offizier namens Clemendot, der Clarissa seit langem mit Liebesanträgen verfolgte, von ihr aber seiner Gewöhnlichkeit und offenbaren Roheit halber stets kühl, ja bisweilen schimpflich zurückgewiesen worden war, brachte ihr ein Billet und lud sie ein, mit ihm gemeinschaftlich das Theater zu besuchen. Sie lehnte ab, doch in letzter Stunde hatte sie Lust hinzugehen und mußte es dulden, daß sich Kapitän Clemendot nach dem Aufgehen des Vorhangs auf den leeren Platz zu ihrer Rechten setzte.

Die Truppe führte ein Melodram auf, dessen Handlung das Unglück und den schaudervollen Mord eines schuldlosen Jünglings mit Behagen in die Breite zerrte. Am Schluß des ersten Aktes trat eine als Mann verkleidete Dame auf die Bühne; sie trug einen spitzen, runden Hut und eine Maske vor dem Gesicht. Eine hastige, im Flüsterton gehaltene, von der düsteren Lampe eines Verbrecherquartiers beschienene Liebesszene mit dem Haupt der Mörderbande besiegelte das Schicksal des unglücklichen Opfers, das betend auf den Knieen lag. Im Zuschauerraum herrschte gieriges Schweigen, alle Augen brannten. Clarissa glaubte die hundert Herzen wie ebensoviele Hämmer schlagen zu hören, ihr wurde heiß und kalt, es entschwand jedes Gefühl sicherer Gegenwart und als in der darauffolgenden Pause Kapitän Clemendot in seiner halb demütigen, halb schamlosen Weise zudringlich wurde, überflog ein Schauder ihren Körper und der Weindunst seines Mundes brachte sie einer Ohnmacht nahe. Plötzlich warf sie den Kopf zurück, bohrte den Blick auf sein verschwommenes Trinkergesicht und fragte mit leiser, scharfer, eilender Stimme: »Was würden Sie sagen, Kapitän, wenn ich es wäre, ich, die im Bancalschen Hause dabei gewesen ist?«

Kapitän Clemendot erblaßte. Sein Mund öffnete sich langsam, seine Backen zitterten, seine Augen bekamen einen furchtsamen Glanz, und als Clarissa in ein weiches, spöttisches, aber nicht ganz natürliches Gelächter ausbrach, erhob er sich mit verlegenem Gruß und ging. Er war ein einfältiger Mensch, ungebildet wie ein Trommler und stand wie jeder andere in Rhodez wehrlosen Geistes unter dem Einfluß der blutrünstigen Gerüchte. Als die Vorstellung zu Ende war, näherte er sich Clarissa, die in apathischer Haltung zum Ausgang schritt, wo ihr Wagen wartete, und fragte, ob sie sich einen Scherz mit ihm habe machen wollen, und sie, mit trockenen Lippen, etwas wie neugierigen Haß im Gesicht, antwortete abermals lachend: »Nein, nein, Kapitän«. Darnach wurden ihre Züge wieder ernst, fast traurig und sie senkte die Stirn.

Clemendot ging verstört nach Hause, durchaus in der Meinung, er habe ein wichtiges Geständnis empfangen. Er fand sich verpflichtet zu reden und vertraute sich am andern Morgen einem Kameraden an. Dieser zog einen zweiten Freund ins Geheimnis, es wurde Rat gehalten und schon am Mittag wurde der Richter verständigt. Monsieur Jausion ließ den Kapitän und Madame Mirabel zu sich entbieten. Nach langem und merkwürdigem Überlegen erklärte Clarissa alles für einen Spaß und der Richter mußte sie zunächst entlassen.

Aber nicht Spaß wollten die Herren, sondern Ernst. Der Präfekt, von dem Vorgefallenen unterrichtet, erschien am Abend beim Präsidenten Seguret und hatte eine kurze Unterredung mit dem würdigen Mann, der, in tiefster Brust erschüttert, vernehmen mußte, welche Schmach seine Tochter über ihn und sich heraufbeschwor und so den Frieden seines Alters bedrohte. Clarissa wurde herbeigeholt; wie entgeistert stand sie vor den beiden Greisen und der in jeder Bewegung und Miene des Vaters sich bekundende Kummer rührte sie schmerzlich an ihrer

Seele. Sie berief sich auf den unbesonnenen Augenblick, auf eine tolle Laune und Verwirrung des Gemüts; umsonst, der Präfekt legte seinen Unglauben offen dar. Herr von Seguret, der trotz einer zum heiteren geneigten Lebensführung überaus mißtrauischen Gemütes war, auch des festen und klaren Urteils über Menschen ermangelte, konnte nicht umhin, das bedrückte Wesen der Tochter als einen Beweis von Schuld aufzufassen und er erklärte ihr mit schneidender Strenge, daß er nur um den Preis der Wahrheit sie nicht von seinem Herzen stoßen wolle. Clarissa verstummte; die Worte drangen gleich würgenden Teufeln auf sie ein. Der Präsident verlor Schlaf und Ruhe und wanderte mit zerwühlten Sinnen die ganze Nacht über im Schloß herum. Seine Überlegungen bestanden darin, Clarissas Natur nach der Seite jener furchtbaren Möglichkeit hin zu erforschen, und bald genug sah er ihren undurchdringlichen Charakter mit den Flecken und Brandmalen eines romantischen Lasters bedeckt. Auch er war völlig im Bann der fanatisierten Meinung von aller Welt, seine Erfahrung hielt dem Pesthauch des verleumderischen Wesens nicht stand; die Furcht, am Ungeheuren teil zu haben, war stärker als die Stimme des Herzens; der Argwohn wurde Gewißheit und das Leugnen zur Lüge. Wenn er Clarissas Vergangenheit bedachte, ihre unbändige Lust, die vorgeschriebenen Wege zu verlassen, – eine Eigenschaft, die ihm jetzt als die Pforte zum Verbrechen erschien – dann war keine Annahme verwegen genug, und ihr Bild verwob sich von selbst in das düstere Gewebe.

Auch Clarissa schlief nicht. Im Dämmergrauen des Tages überraschte sie den Vater bei seinem verstörten Schreiten durch die Räume und schluchzend warf sie sich ihm zu Füßen. Er machte keine Anstalten sie zu trösten oder zu erheben; ihre verzweifelte Frage, was sie denn dort im Bancalschen Hause hätte suchen sollen, da ihr, als einer Witwe, keine Freiheitsfessel den Schritt verkürze und sie der Heimlichkeiten entraten dürfe, beantwortete der Präsident mit einem vielsagenden Achselzucken, und so fest war schon die schwarze Überzeugung genistet, so fern jede Milde, daß er auf ihre edle Forderung um ein gerechtes Erwägen nichts als die Worte hinwarf: »Sprich die Wahrheit.«

Die Kunde war nicht lahm. Verwandte und Freunde des Präsidenten kamen: bestürzt, erregt, lüstern, schadenfroh. Die undurchsichtig fremde, gleitend unnahbare Clarissa in den Kot geworfen zu sehen, war ein Anblick, den zu genießen alle begierig waren. Einige ältere Damen wagten ein heuchlerisch sanftes Zureden und Clarissas verachtendes Schweigen und ihr wehvolles Auge schienen Geständnisse zu geben. Der Präfekt kam neuerdings und in seiner Begleitung befanden sich zwei Beamte. Für die Regierung und die Behörde stand alles auf dem Spiel; der Racheruf, der um ihre Sicherheit besorgten Bürger, der Hohn und Groll der Bonapartisten wurden täglich ungestümer, die Zeitungen forderten die Verurteilung der Schuldigen, eine Empörung des Landvolks war im Zuge. Eine an der Tat selbst unbeteiligte Zeugin wie Madame Mirabel konnte alles schnell wenden und beenden, man redete ihr zu, versprach, was den im Bancalschen Haus geleisteten Eid anlangte, schriftlichen Dispens aus Rom und ein Jesuitenpater, den der Bürgermeister ins Schloß führte, mußte dies ausdrücklich bestätigen. Als alles vergeblich war und Clarissa dem frevlerischen Eindringen eine steinerne Ruhe entgegenzusetzen begann, drohte man ihr mit dem Gefängnis, drohte, ihre Schmach und Lasterhaftigkeit zu einer öffentlichen Sache von ganz Frankreich zu machen und bei diesen Worten des Präfekten warf sich ihr Vater vor ihr auf die Kniee, so wie sie am Morgen vor ihm getan und beschwor sie zu sprechen. Das war zu viel; mit einem Aufschrei stürzte sie ohnmächtig zu Boden.

Clarissa glaubte sich zu erinnern, daß sie den Abend des neunzehnten März bei der Familie Pal in Rhodez verbracht habe; sie glaubte sich zu erinnern, daß Frau Pal selbst am andern Tag zu ihr gesagt hatte: wir waren so lustig gestern und vielleicht ist um dieselbe Zeit der arme Fualdes ermordet worden. Als sie sich darauf berief, stellten die Pals alles mit Bestimmtheit in Abrede, sie leugneten den Besuch Clarissas, ja, in ihrer unbestimmten feigen Angst erklärten sie sogar, mit Madame Mirabel seit Jahren verfeindet zu sein.

Menschlichem Erbarmen waren die von Furcht und Wahn verblendeten Geister nicht mehr zugänglich. Hätte auch die Vernunft eines Einzelnen zu widerstreben versucht, es wäre nutzlos gewesen; die riesige Lawine konnte nicht gehemmt werden. Es wurde ein teuflischer Plan erdacht, und der Präfekt Graf d'Estournel war es, der ihn so vervollkommnete, daß er den besten

Erfolg versprach. Gegen ein Uhr nachts rollte ein Wagen in den Schloßhof; Clarissa mußte darin Platz nehmen, der Präsident, der Richter, der Präfekt fuhren mit. Der Wagen hielt vor dem Bancalschen Haus. Herr von Seguret führte seine Tochter in das ebenerdige Zimmer zur Linken, einen höhlenartigen Raum, dumpf wie das schlechte Gewissen. Auf dem Ofensims brannte ein ärmliches Lämpchen, in dessen Schein lehnten zwei Huissiers und ein Schreiber mit starren Gesichtern an der Wand. Die Fenster waren mit Lappen verhängt, auf dem Alkoven äugte tiefe Finsternis, im ganzen Haus war es lautlos still.

»Kennen Sie diesen Ort, Madame?« fragte der Präfekt mit feierlicher Langsamkeit. Alle blickten Clarissa an. Um die gräßliche Spannung über ihrer Brust zu mildern, lauschte sie auf den Regen, der draußen an die Mauer klatschte; all ihre Sinne schienen sich hiezu im Ohr versammelt zu haben. Ihr Leib wurde schlaff, ihre Zunge war nur zu einem Nein oder Ja gewillt, und da jenes neue Qual und Marter, dieses aber vielleicht Ruhe versprach, so hauchte sie ein Ja: ein kleines Wörtchen, aus Schrecken und Erschöpfung geboren und kaum, lebendig, von einer geheimnisvollen Kraft beflügelt. Ihr Geist, verwirrt und von Sehnsucht durchflammt, machte ein Spukgebilde, das von tausend gärenden Gehirnen erschaffen war, zum Erlebnis. Das halbbewußt Vernommene, halbzerstreut Gelesene wurde brennendes Geschehen. Wunderbar verstrickt schien ihr Dasein mit dem jenes Mannes in Busch und Baum, der sich brünstig zum Himmel gereckt und mit dem Ausdruck eines durstigen Tieres die Luft durchschnuppert hatte. Jetzt stand sie auf der Brücke, die zu seinem Reich führte; sie sah sich zu seinen Füßen sitzen, von seiner ausgestreckten Hand fielen Blutstropfen auf ihren demütigen Scheitel. Grauen und liebliche Hoffnung faßten ihr Herz, jedes von einer andern Seite und dazwischen loderte wie eine Fackel, jauchzte wie ein Schlachtschrei der Name Bastide Grammont, ein Spiel für ihre Träume.

Erleichtertes Aufatmen flog nach dieser ersten Silbe eines bedeutungsvollen Geständnisses über die Gesichter der Männer. Der Präsident Seguret bedeckte die Augen mit der Hand. Im Innern beschloß er, der Liebe zu dem mißratenen Kind zu entsagen. Clarissa spürte es; alle Vorzüge, die sie an die bisherige Existenz geknüpft, waren gebrochen.

Sie sei also am Abend des neunzehnten März hier in diesem Raum gewesen? wurde gefragt. Sie nickte. Wie sie denn hierher gelangt sei? fragte Monsieur Jausion weiter, und er gab seiner Miene und seiner Stimme etwas Vorsichtiges und Delikates, um die noch zaghaften Geister der Erinnerung nicht bei der Arbeit zu stören. Clarissa schwieg. Ob sie durch die Rue des Hebdomadiers gegangen sei? fragte der Präfekt. Clarissa nickte. »Sprich! sprich!« donnerte plötzlich Herr von Seguret und selbst die beiden Huissiers schraken zusammen.

»Es begegneten mir mehrere Personen«, flüsterte Clarissa so leise, daß alle unwillkürlich den Kopf vorstreckten. »Ich fürchtete mich vor ihnen und aus Furcht lief ich ins erste offene Haus.«

Monsieur Jausion gab dem Schreiber einen Wink. »In dieses Haus also?« fragte er liebevoll, indes der Schreiber auf der Bank beim Ofen Platz nahm und in verkauerter Stellung schrieb.

Clarissa fuhr mit demselben klagenden Flüstern fort: »Ich öffnete die Tür dieses Zimmers. Jemand ergriff mich beim Arm und führte mich in den Alkoven. Er gebot mir stille zu sein. Es war Bastide Grammont.«

Endlich der Name! Aber wie anders war es, ihn auszusprechen als ihn bloß zu denken! Clarissa machte eine Pause, während sie die Augen schloß und die Hände ineinanderkrampfte. »Nachdem er mich eine Weile allein gelassen«, begann sie wieder, wie im Schlafe redend, »kam er zurück, hieß mich ihm folgen und brachte mich ins Freie. Da blieb er stehen und fragte, ob ich ihn kenne. Ich sagte erst nein, dann ja. Darauf fragte er, ob ich etwas gesehen hätte und ich sagte nein. Gehen Sie fort! befahl er, und ich ging. Doch war ich noch nicht bis zum Hauptplatz gekommen, als er wieder neben mir war und meine Hand in seine nahm. Ich gehöre nicht zu den Mördern, sagte er beteuernd, ich traf Sie und wollte nichts als Sie retten. Schwören Sie zu schweigen, schwören Sie beim Leben Ihres Vaters. Ich habe geschworen, darauf ließ er von mir. Und das ist alles.«

Monsieur Jausion lächelte skeptisch. »Sie wollen, Madame, von der Straße aus hier herein geflüchtet sein«, bemerkte er, »es ist aber durch einwandfreie Zeugen festgestellt, daß das Tor von acht Uhr ab verschlossen war. Wie erklären Sie das?«

Clarissa schwieg.

»Und wie ist es ferner zu erklären, daß Sie nichts gesehen haben, während Sie durch das hellerleuchtete Zimmer gingen? nichts gesehen, niemand gesehen und kein einziger hingegen, der nicht Sie gesehen hätte?«

Clarissa blieb stumm, sogar ihr Atem schien zu stocken. Der Präfekt machte Monsieur Jausion ein abwehrendes Zeichen; vorerst war genug erreicht, genug, daß Bastide Grammont von Clarissa erkannt worden war. Der Beschluß, den jede Schuld ableugnenden Verbrecher durch eine überraschende Konfrontation mit der Zeugin zum Geständnis zu zwingen, ergab sich jetzt von selbst.

Die Herren brachten Clarissa zum Wagen, da sie vor Schwäche kaum fähig war zu gehen. Zu Hause geriet sie in einen seltsamen Zustand. Erst lag sie lethargisch in einem Sessel, plötzlich sprang sie auf und schrie: »Schafft mir die Mörder fort!« Die Tür wurde geöffnet und ein erschrockenes Dienergesicht zeigte sich in der Spalte. Das ganze Gesinde stand wartend auf dem Flur, die meisten waren gewillt, den Dienst beim Präsidenten zu verlassen. Clarissa sah sich jedes Schutzes der Liebe beraubt und ausgestoßen aus dem Kreis, wo man das Herkommen achtet und gebundene Form als die geringste der Pflichten anerkannt ist. Sie war jedem Auge preisgegeben, der frechste Blick durfte ihr Innerstes betasten, sie war ein öffentlicher Gegenstand geworden, und nichts an ihr war mehr ihr eigen, sie fand sich selbst nicht mehr, nichts mehr in sich selbst, um dabei zu ruhen, sie war gebrandmarkt von außen und von innen, Speise der allgemeinen Lüsternheit, wehrlos herumgeschleudert auf den schmutzigen Fluten des Geredes, Mittelpunkt eines entsetzlichen Ereignisses, von dem ihre Gedanken nicht mehr loskommen konnten. Wehmut, Trauer, Angst, Verachtung, das waren keine Gefühle mehr für sie, dazu war ihr Blut zu sehr gejagt; Selbstungewißheit beherrschte sie, Zweifel an ihrer Wahrnehmung, Zweifel am Sichtbaren überhaupt und bisweilen stach sie sich mit einer Nadel in den Finger, nur um die Wirkung zu erfahren und den Schmerz zu empfinden, der als ein Zeugnis ihres Wachseins gelten und ihr Herz vor Verwesung bewahren konnte. Dabei die Qual, die sie von den Zudringlichen litt: Die Aufforderung zur Wahrheit, das Höhnen und Murren von unten, der Befehl von oben, die Rachsucht und Unvergeßlichkeit des einmal gesprochenen Worts; schließlich sah sie die ganze Welt erfüllt von roten, unablässig geschwätzigen Zungen, auf sie gerichteten, schlangenhaft bewegten, blutigen Zungen; jeder Gegenstand, den sie berührte, wurde zur schlüpfrigen Zunge. Die Menschengesichter verdämmerten bis auf eines, ein heldenhaft leidendes, eines das trotz Schuld und Verdammnis hoch über den andern thronte, ja ausgezeichnet schien durch seine Schuld wie durch einen Trotz. Und als der Tag kam, wo man ihr mitteilte, daß sie Bastide Grammont gegenübertreten solle, um ihn zu bezichtigen Aug in Auge, da klopfte ihr Puls zum ersten Mal wieder in freudigen Schlägen und sie kleidete sich wie zu einem Fest.

Die Begegnung sollte im Amtszimmer des Richters stattfinden. Außer Monsieur Jausion und seinen Schreibern war noch der Rat Pinaud anwesend, der wieder zurückgekehrt war. Monsieur Jausion warf ihm über die Brillengläser hinweg einen boshaften Blick zu, als Clarissa Mirabel spitzengeschmückt hereinrauschte, sich lächelnd vor den Herren verneigte und dann ihren Blick mit breiter Gelassenheit durch den ungastlichen Raum schweifen ließ. Aus einem Bilderrahmen in der Mitte der Wand schaute das fette und verdrießliche Gesicht des Königs auf sie herab, so verdrießlich, als sei ihm jeder einzelne seiner Untertanen ganz besonders zuwider. Sie vergaß, daß nur ein Bild vor ihr hing und sah mit einem kokettschmollenden Spiel ihrer Lippen hinauf.

Der Richter gab ein Zeichen, eine Seitentüre wurde geöffnet und zwischen zwei Justizsoldaten, mit aneinandergefesselten Händen trat Bastide Grammont herein. Clarissa stieß einen leisen Schrei aus und ihr Gesicht wurde fahl.

Um Bastide hauchte Kerkerluft. Das verwildert hängende Haar, der lang gewachsene Bart, der starre, etwas geblendete Blick, die leichte, an Lastenträger gemahnende Gebücktheit der Hünengestalt, die heimlich zuckende Wut auf frisch gefurchter Stirn, all das verleugnete nicht Grund und Herkunft. Ja, er schien die Mauern unsichtbar um sich herum zu tragen, die seine Brust mit Dunkelheit und Pein füllten und von Monat zu Monat mit hoffnungslosem Glanz die

Gemälde der Freiheit zeigten, bis sie sich schließlich weigerten, einen blühenden Baum, einen strotzenden Acker vorzulügen; dann glichen sie dem öden Grau eines herbstlichen Abends, wo die Luft schon nach dem Winter roch, der Leichenwagen öfter als sonst am Gartentor vorbei nach dem kleinen Kirchhof rasselte und der aufgehende Halbmond wie ein blutendes, geteiltes Riesenherz flammend über den feuchten Azur schwamm.

Und dennoch dieses stolze Auge, in dem der Entschluß funkelte, sich selbst getreu zu bleiben? Dennoch dieser seltsam knisternde Spott in den Mienen, der dem vorsichtigen und dabei majestätischen Ducken der gefangenen Tigerkatze vergleichbar war? Diese unendliche Verachtung, mit der er auf die schreibbereiten Hände der Schreiber blickte, die innerliche Freiheit und große Losgebundenheit, trotz der Handfessel und der beiden Soldaten?

Das war es, was Clarissa den Schrei entlockte und die törichte Munterkeit aus ihrem Gesicht jagte. Nicht etwa, weil sie den Waldmann und Erddämon von damals gebunden und gebrochen erblicken mußte, sondern weil sie wie unter Blitzesleuchten erkannte, daß diese Hand kein Mordmesser geführt haben konnte, daß eine solche Tat den Kreis seines Wesens nicht berührte, wenn er auch vielleicht dazu fähig gewesen wäre, und daß dies alles nun umsonst war, ein unverständlicher Rausch und Wahnsinn, das undurchsichtige Grauen selbst, ein Schauspiel von Heuchelei und Krankheit. Es packte sie ein Schwindel, als ob sie von einem hohen Turme herunterstürzte. Sie schämte sich ihres prunkvollen Gewandes, des herausfordernden Aufputzes und in leidenschaftlicher Wallung riß sie die kostbaren Spitzen von den Ärmeln und warf sie mit einer Grimasse des schmerzlichsten Ekels zu Boden.

Monsieur Jausion durfte das anders deuten. Wieder lächelte er Herrn Pinaud zu, aber diesmal triumphierend, als wollte er sagen: das Exempel stimmt. »Kennen Sie diese Dame, Bastide Grammont?« wandte er sich an den Gefangenen. Bastide wandte den Kopf zur Seite und ein Blick voll nachlässiger und bitterer Geringschätzung ging Clarissa durch Mark und Bein. »Ich kenne sie nicht«, entgegnete er finster, »ich habe sie niemals gesehen.«

Und neuerdings lächelte Monsieur Jausion, wie um einen vorübergehenden Irrtum zu berichtigen und säuselte: »Das ist nicht gut möglich; Madame Mirabel, damals in Männerkleidung und mit einem Hut mit grünen Federn, war in der Bancalschen Wohnung und ist von Ihnen selbst auf die Straße geführt worden, wo Sie ihr den Eid abnahmen. Ich bitte, sich dessen zu entsinnen.«

Bastides Gesicht zog sich zusammen wie vor der lästigen Zudringlichkeit einer Fliege und er wiederholte energisch und laut: »Ich kenne die Dame nicht. Ich habe sie niemals gesehen.« Und das Aufeinanderpressen seiner Lippen verriet den unerschütterlichen Vorsatz, von nun ab zu schweigen.

Monsieur Jausion schob seine Perücke zurecht und sah bekümmert aus. »Was haben Sie darauf zu entgegnen, Madame?« wandte er sich an Clarissa, die verloren starrte.

»Er kann es nicht wissen, daß ich ihn gesehen habe«, flüsterte sie, doch hatte dabei ihre Stimme etwas so Durchdringendes wie das Zirpen einer Zikade.

Jetzt wandte sich Bastide abermals zu ihr und in dem etwas schrägen Blick seines müd glänzenden Auges mischten sich Neugierde und Hohn, doch nicht mehr von beiden, als etwa einer sonderbaren Spielart von Pilz oder Spinne zukommt. In seinem Innern wog er gleichsam diese zarte Kindergestalt, wunderte sich flüchtig über das Bebende jeder Gebärde, das fliegende Auge, das ratlose Zucken der Lippen, wunderte sich über die am Boden liegenden Spitzen und glaubte zu träumen, als er gewahrte, daß eine flehende Bewegung ihrer Hände ihm galt.

Der Richter sprang auf und rief mit entstelltem Gesicht Clarissa zu: »Scherzen Sie nicht mit uns, Madame, es könnte Ihnen teuer zu stehen kommen. Sprechen Sie endlich! Ein abgezwungener Eid gilt nicht! Der Frieden Ihrer Mitbürger, die Ruhe des Landes steht auf dem Spiel. Lösen Sie sich aus der Bezauberung des Elenden! Ihr infames Lächeln, Grammont, wird Ihnen angerechnet werden am Tage des Gerichtes.«

Der Rat Pinaud trat vor und murmelte Bastide ein paar Worte ins Ohr, der dann die Arme erhob und die geballten aneinandergeketteten Fäuste mit einer Miene fressenden Ingrimms vor die Augen drückte. Clarissa wankte zum Tisch des Richters vor und indem sich ihre Wangen mit Leichenblässe überzogen, schrie sie: »Es ist alles Lüge! Lüge! Lüge!«

Monsieur Jausion musterte sie von oben bis unten, dann sagte er kalt: »So versetze ich Sie in den Anklagezustand, Madame, und erkläre Sie für verhaftet.«

Ein Schimmer düstrer Genugtuung überlief Clarissas Züge. Rasch, mit der blitzartigen Drehung einer Tänzerin kehrte sie sich zu Bastide Grammont, sah ihn an wie man nach einem schwülen Tag in den Gewitterhimmel schaut und nannte schmerzhaft aufatmend mit leiser Stimme seinen Namen. Er aber trat einen Schritt zurück wie bei unreiner Berührung, und niemals zuvor hatte Clarissa solchen Blick und Ausdruck der Verachtung gespürt. Ihre Kniee bebten, es ward ihr übel im Gaumen, die Wimpern füllten sich mit Tränen. Erst als sich die Türe des Gefängnisses hinter ihr geschlossen hatte, wich der kraftlose Zustand des Gepeitschtseins. Scham und Reue überwältigte sie, kaum fand sie einigen Trost in dem Geheimnisvollen ihrer Lage. Von keinem Gesetz überwacht, schien sie aus dem Gleise gehoben, wo sonst Ursache und Folge, schwerfällig aneinandergekoppelt, den langsamen Gang des Geschehens kriechen.

Ihrem Stande entsprechend, hatte sie den besten Raum des Gefängnisses erhalten. In den ersten Stunden lag sie auf dem Strohbette und wand sich in Krämpfen. Als der Wärter auf ihre dringende Bitte Licht brachte, da sie in der Finsternis wahnsinnig zu werden fürchtete, fiel der Kerzenschein auf das Bild des Gekreuzigten mit der Dornenkrone, das an der graugetünchten Wand hing. Sie schrie auf, ihre überreizten Sinne fanden eine Ähnlichkeit in den Zügen des Heilands mit jenen Bastide Grammonts. Dasselbe qualvolle Rund hatten seine Lippen gezeigt, als er die Fäuste an die Augen gepreßt.

Noch einmal lehnte sie sich auf gegen die maßlose Unbill. Mit der Welt zu leben war ihr eigentliches Element, ihr ganzes Wesen war auf ein liebenswürdiges Einverständnis mit den Menschen gestimmt. Sie verlangte Tinte und Papier und schrieb einen Brief an den Präfekten.

»Gerechtigkeit, Herr Graf!« schrieb sie. »Noch ist es Zeit das Äußerste zu verhindern. Erinnern Sie sich der Mühe, die Sie gehabt haben, das von mir zu erpressen, was die Wahrheit sein soll, erinnern Sie sich der Drohungen, durch die ich nachgiebig geworden bin. Ich bin ein Opfer der Umstände. Was immer ich gestanden habe, ist Lüge. Kein Mann von Vernunft kann an meinen Aussagen das Gepräge der Wahrscheinlichkeit entdecken. In einem Mutwillen der Verzweiflung hab' ich falsches Zeugnis abgelegt. Sagen Sie meinem Vater, daß seine Grausamkeit ihm sicherer die Tochter raubt als mein scheinbares Vergehen. Schon weiß ich nicht mehr, was ich glauben darf, die Vergangenheit entschwindet meinem Gedächtnis, meine Sicherheit beginnt zu wanken. Wenn es zuviel ist, Gerechtigkeit zu fordern, dann bitte ich um Mitleid, Herr Graf. Mein Schicksal will mich prüfen, aber mein Herz ist rein wie der Tag.«

Es war erfolglos. Es war zu spät für Worte, selbst wenn der Mund eines Propheten sie hinausgedonnert hätte. Am andern Morgen wurden viele der Zeugen und Eingekerkerten Clarissa vorgeführt. So kamen Bach, die Bancals, der Soldat Colard, Rose Feral, Missonier und die kleine Magdalena Bancal. Bousquier war krank. Der Anblick der vernichteten, schlotternden, in ein Phantom verlorenen, von hundertfältigen Martern eingeschüchterten, rachsüchtig zu allem bereiten Geschöpfe beunruhigte Clarissa bis ins Mark und gab ihr zugleich ein Gefühl unauslöschlicher Besudelung. Ist sie es? wurde jeder von den Unglücklichen gefragt und mit verwegener Gleichgültigkeit antworteten sie: sie ist es. Bloß Missonier stand da und lachte wie ein Idiot.

Clarissa war erstaunt. Solche Bestimmtheit und Selbstverständlichkeit der Antwort hatte sie nicht erwartet. Mit innerlichem Schluchzen hielt sie das Unleugbare des gegenwärtigen Zustands von sich ab und suchte in ihrem Gedächtnis schaudernd einen Weg zu jenem Vergangenen, auf den er sich gründete und den man von ihr bekräftigt wissen wollte. Ihr erschütterter Geist kroch zurück in früher gelebte Jahre, bis in die Jugend, bis in die Kindheit, um den doppelgängerischen Feind zu entdecken; was unheimlich und fremd gewesen, ward allmählich Kern und Schwerpunkt ihres Daseins und die Mordnacht in Bancals Haus wurde wie die ganze übrige Welt zu einer Vision von Blut und Wunden.

Aber durch die düstern Phantasien führte der Weg zu Bastide Grammont; ein Blumenpfad zwischen brennenden Häusern. Es dünkte ihr schön, ihn schuldig zu willen. Vielleicht hatte er seine Lippen auf die ihren gedrückt, ehe seine Hand nach dem Mordmesser gegriffen. Sie vermählte die eigene, finsterempfundene Schuld mit seiner größeren. Was ihn von der Menschheit abschnitt, knüpfte ihn an sie. Seine Gründe zu der Tat? Sie fragte nicht darnach. Sicherlich hatte die Tat damals Wurzel geschlagen, als sie ihn zuerst gesehen, als er den ganzen Wald, den ganzen Frühling in sich hineingeschluckt hatte. Gleichviel, ob er die Hände in Sonnenlicht oder in Blut tauchte, beides gehörte zu seinem Bild, zu ihrer dunklen Leidenschaft und Fualdes war der böse Dämon und das verderbliche Prinzip. Ach, dachte sie in ihrem sonderbaren Grübeln, hätte ich es gewußt, so hätte ich selbst es vollbracht und hätte eine Heldin sein können wie Charlotte Corday. Doch warum leugnete, warum schwieg Bastide? warum jener Blick zermalmender Verachtung, den sie nicht vergessen konnte und der noch immer auf ihrer Haut wie ein Schandmal brannte? War er zu stolz, sich einem Spruch zu beugen, der seine Tat nicht besser erachtete als die jedes Straßenräubers? Kein Zweifel, er erkannte seine Richter nicht an. So konnte sie ihn also zu sich niederziehen, ihn abhängig machen vom Hauch ihres Mundes, das freie wilde Tier bändigen, und sie vergaß, was auf dem Spiele stand, vergaß das eherne Entweder-Oder, vor welches hier die Geschicke gestellt waren, und gab sich hin wie ein Kind, das nichts vom Tode weiß.

Für den sechzehnten Oktober war die Verhandlung vor den Assisen anberaumt. Am Mittag des zehnten begehrte Clarissa Monsieur Jausion zu sprechen. Vor den Richter geführt, sagte sie, sie wisse um alles, sie wolle auch alles bekennen. Mit erregt zitternder Stimme rief Monsieur Jausion seine Schreiber.

»Ich kam in die Stube und sah das Messer blitzen«, gestand Clarissa. »Ich flüchtete in den Alkoven, Bastide Grammont eilte mir nach, umarmte mich und küßte mich. Er vertraute mir an, Fualdes müsse sterben, denn der alte Satan habe ihm sein Glück zerstört und das Leben unwert gemacht. Bastide war wie trunken von Begeisterung, und als ich Einwände machte, schloß er mir abermals mit Küssen den Mund, ja er küßte mich so, daß ich keinen Widerstand leisten konnte. Dann ließ er mich einen Schwur tun, dann ging er und ich hörte stöhnen, ich hörte ein schreckliches Geschrei, die kleine Magdalena Bancal, die im Bette lag, richtete sich plötzlich auf und weinte, da verlor ich das Bewußtsein und als ich wieder zu mir kam, war ich auf der Straße.«

Diese Erzählung brachte sie in einem mechanisch-abgemessenen Ton vor; ihre Stimme klang gläsern und fast verstellt, ihre Augen waren umflort und halbverschlossen, ihre kleinen Hände hingen schwer neben den Hüften und als sie schwieg, lächelte sie süßlich vor sich hin.

»Sie haben also schon vordem mit Bastide Grammont verkehrt?« fragte der Richter.

»Ja. Wir trafen uns im Wald. In der Nähe von La Morne ist ein alter Brunnen im Feld; auch dort trafen wir uns häufig; besonders des Nachts und bei Mondschein. Einmal nahm mich Bastide auf sein Pferd und wir ritten in rasender Geschwindigkeit bis an die Schlucht von Guignol. Ich fragte: wovor fliehen Sie, Bastide? denn mir war kalt vor Schrecken, und er flüsterte: vor mir und vor der Welt. Doch sonst war er stets sanft. Nie kannte ich einen bessern Mann.«

Immer silbriger klang ihre Stimme und schließlich sprach sie wie eine Verzückte oder wie eine Schlafende. Die Aussage ward ihr vorgelesen, sie unterschrieb ruhig und ohne zu zaudern, darauf erklärte ihr Monsieur Jausion, daß sie frei sei.

Im Schloß empfing sie feindselige Ruhe. Die wenigen Dienstboten, die geblieben waren, zischelten frech hinter ihr her. Niemand sorgte für ihre Bequemlichkeit, den Krug Wasser mußte sie selbst aus der Küche holen. Indes, als Herr von Seguret nach Hause kam, wußte er wie die ganze Stadt um Clarissas Geständnisse. Der Umstand ihrer verliebten Beziehungen zu Bastide erleuchtete nun mit jähem Schein das Vorhergegangene und wob eine Glorie um ihr früheres Schweigen. Doch Herr von Seguret schloß sich nur um so fester zu und als er vorüberkam, da Clarissa auf der Schwelle ihres Zimmers stand, wandte er das Gesicht ab und machte eine Gebärde des Abscheus.

Am Abend hatte der Präsident einige Freunde bei sich zu Gast. Während des Mahls öffnete sich die Türe und Clarissa erschien. Herr von Seguret sprang vom Stuhl empor, Zorn raubte ihm die Sprache. »Wag' es nicht«, stammelte er heiser und mit ausgestrecktem Arm, »wag' es nicht.«

Des ungeachtet schritt Clarissa bis an den Rand des Tisches. In ihrem Gesicht war ein strahlender, bezaubernder Ausdruck. Mit vollem Auge blickte sie auf den Vater, so daß dieser den Blick wie geblendet sinken ließ. »Schmähe nicht, Vater«, sagte sie sanft und in einem bestrickenden Ton anmutigen Werbens.

Mit alltäglicher Frage wandte sie sich an einen der Herren. Der Angeredete zauderte, schien bestürzt, verwundert, vermochte aber nicht zu widerstehen. Ihre von Gefängnisluft gebleichten Züge hatten etwas traumhaft Geistiges angenommen; das gewöhnlichste Wort aus ihren Lippen war von besonderem Reiz umglänzt.

Das Gespräch wurde allgemein; die Gäste besiegten, ja vergaßen ihr heimliches Staunen. Clarissas Witz und schalkhafte Laune übten eine hinreißende Wirkung. Dabei lag ein sinnlich prickelnder Hauch um sie, was Männern nicht entgeht, ihre Gebärden hatten etwas Schmeichlerisches, ihre Augen schimmerten in schwärmerischem Feuer. Beunruhigt, widerwillig lauschend, konnte sich Herr von Seguret doch dem Zauber, der seine Gäste gefangen nahm, nicht ganz entziehen. Eine Macht, die stärker war als sein Vorsatz, zwang ihn zur Milde, er nahm schüchtern Anteil an der Unterhaltung, trotzdem seine Brust wie von Bergeslast bedrückt war. Es wurde von Politik, von Büchern, von Kunst, von der Jagd, vom Krieg gesprochen, von allem und von nichts, ein glitzerndes Hin und Her geschliffener Sätze und funkelnder Beobachtung, von Lächeln und Beifall, Spott und Ernst. Es war manchmal wie in einer meisterhaft geführten Schauspielszene oder als ob ein leichter Champagnerrausch die Geister beflügelt hätte; jeder gab das Beste und suchte sich selber zuvorzukommen, und Clarissa hielt und spannte das Ganze wie eine Fee, die auf einem Wolkenwagen einen Zug von Tauben lenkt.

Kurz nach Mitternacht erhob sie sich, ein kurzes, sattes, wildes Lächeln blitzte über ihr Gesicht, sie verbeugte sich beinahe geziert und verließ den Raum, die Männer in einem wunderlichen, jähen Schweigen zurücklassend. Als Herr von Seguret seine Gäste hinausbegleitete, war er verstört, und jene entfernten sich still wie Diebe aus dem Schloß.

Der Präsident wandelte eine Weile in der Vorhalle auf und ab und seine Gedanken liefen nebeneinander her wie ein flüchtendes Rudel Wild. Da ihn das Widerklingen seiner Schritte unangenehm berührte, trat er in den Garten hinaus und auf den verschlungenen Wegen spazierend, atmete er erleichtert die frische Nachtluft ein. Als er die Taxusalle verließ, fiel ein Lichtschein über den Weg; Herr von Seguret stellte sich auf die Mauerbrüstung einer kleinen Fontäne und konnte so in Clarissas Zimmer sehen, dessen Fenster offen standen. Mit Mühe enthielt er sich eines erstaunten Ausrufes, als er Clarissa im losen Nachtgewand mit hingenommenem Ausdruck und leidenschaftlicher Bewegung tanzen sah. Die Augen waren ganz geschlossen, gleichsam versperrt, die Brauen kokett-angstvoll in die Stirn hinauf verzogen, die Schultern wiegten sich in einem Bad unhörbarer Töne, deren Tempo jetzt gehetzt, jetzt übermäßig langsam schien. Plötzlich griff sie nach einem Gegenstand und hielt ihn sich vor, – es war ein Spiegel; hineinblickend, schauerte sie zusammen und ließ ihn fallen, so daß der Lauscher die Scherben klirren hörte, dann trat sie ans Fenster, riß das Kleid über der Brust auf, legte die Hände auf die bloße Brust und sah gerade nach der Richtung, wo Herr von Seguret stand. Dieser duckte sich, als hätte man eine Flinte auf ihn gerichtet, doch Clarissa sah ihn nicht, sie starrte eine Weile in die ziehenden Wolken und machte dann das Fenster zu. Der Präsident stand noch geraume Weile da und wurde seiner Gedanken nicht Herr. Wen betrügt sie? dachte er mit Kummer, sich selbst, oder die Menschen oder Gott?

Seit langem zum ersten Mal hatte Clarissa wieder ruhigen Schlaf. Doch als sie sich in das weiße Bett legte, schienen die Kissen eine Purpurfarbe anzunehmen und sie fiel in den Schlummer wie in eine Schlucht. Sie träumte von Landschaften, von unheimlichen alten Häusern und von einem Himmel, der wie geronnenes Blut aussah. Sie selbst ging im Silberschein wie eine Braut und ohne daß sie eine Berührung spürte oder eine Gestalt sah, hatte sie doch auf den Lippen das Gefühl starker Küsse und in ihrem Schoß regte es sich, als ob Leben darin entstehe.

Dieselbe wunderliche Lust und Wallung verließ sie auch während der folgenden Tage nicht. Ein silberner Schleier lag zwischen ihr und der Welt. Aus Furcht ihn zu zerreißen, sprach sie leise und ging langsam; hinter ihm hatte die Sonne nicht mehr Leuchtkraft als sonst der Mond. Als sie am Vorabend des Verhandlungstages von einem Gang über die Felder zurückkehrte, sah sie am Eingangstor des Schlosses zwei Frauen stehen. Die eine eilte ihr entgegen, warf sich auf die Knie und packte ihre Hände. Es war Charlotte Arlabosse. »Was haben Sie getan«, flüsterte das schöne Mädchen keuchend, »er ist unschuldig, bei Christi Leiden, er ist unschuldig! Erbarmen, Madame, und wenn auch nicht mit mir, so wenigstens mit seiner alten Mutter!«

Die Röte der Abendsonne lag auf den flehentlich verzerrten Zügen. Hinter Charlotte stand eine sehr beleibte Dame mit großen Warzen auf den Händen; doch der Kopf war hager und das Gesicht regungslos wie das einer Toten. Sie glich einem kraftstrotzenden Baum, dessen Krone verdorrt ist.

Clarissa machte eine abwehrende Bewegung, doch blieb ihre Miene freundlich und gelassen. Eine Sekunde lang glaubte sie in der Knieenden sich selbst zu sehen, die Doppelgängerin zu sehen und grausamer Triumph erfüllte ihr Herz. »Keine Sorge, mein Kind«, sagte sie leise und lächelnd, »was Bastide betrifft, so ist alles schon entschieden.« Damit öffnete sie das Tor und schritt ins Haus. Charlotte erhob sich und sah starr durch das Gitter.

An diesem Abend ging Clarissa bald zur Ruhe, erwachte aber schon um vier Uhr morgens und begann sich anzukleiden. Sie wählte ein schwarzes Sammetkleid und befestigte als einzigen Schmuck einen Diamantstern am Saum unter dem entblößten Hals. Ihr Herz klopfte in verdoppelten Schlägen, je näher die Stunde kam. Um acht Uhr fuhr der Wagen vor; es war eine lange Fahrt bis Alby, wo das Assisengericht tagte. Herr von Seguret war schon am frühen Morgen fortgeritten, niemand wußte wohin.

Kaum daß die Mauern der alten Stadt sichtbar geworden, zeigte sich schon so viel Volk auf den Wegen, daß die Pferde im Schritt gehen mußten. Die Leute umlagerten die Kutsche und schauten gespannt in die offenen Fenster; Frauen hoben ihre Kinder in die Höhe, damit auch sie die berühmte Madame Mirabel sehen konnten. Sie verbarg sich nicht der allgemeinen Neugier, mit einem hochzeitlichen Lächeln saß sie da, die feinen schwarzen Brauen waren weit in die Stirne hinauf verzogen.

Punkt zehn Uhr erschien Präsident Enjalran, der Leiter des Prozesses, im menschenüberfüllten Saal, und nach Verlesung der weitläufigen Anklageschrift wurde Bastide Grammont zum Verhör aufgerufen.

Fest wie aus Bronze stand er vor dem Tisch der Richter. Seine Antworten waren kühl, knapp und klar. Von Anfang bis zu Ende durchschaute er jetzt das unsinnige Märchen, gewoben aus Dummheit und Schlechtigkeit. Durch beißenden Spott gab er die namenlose Verachtung gegen all das zu erkennen, wessen man ihn bezichtigte, und setzte damit den Verteidiger, den das Gericht ihm in letzter Stunde bestimmt hatte und mit dem zu unterhandeln er sich hartnäckig geweigert hatte, in nicht geringe Bedrängnis.

Bisweilen wandte er den Blick gegen die kirchenartig hohen Fenster, und als er einen Vogel gewahrte, der sich auf das Sims gesetzt hatte und den gelben Schnabel in die Brustfedern grub, verlor er einen Augenblick die Fassung und sein Mund öffnete sich schmerzvoll.

Seine Vernehmung dauerte nur kurze Zeit. Sie war eine Formsache, denn sein Schicksal war besiegelt. Mit Bach, Colard und den übrigen Mitschuldigen hatte Herr von Enjalran leichtes Spiel; ihre Aussagen waren gleichsam schon versteinert. Bousquier war im Gefängnis gestorben. Von den andern suchte jeder für sich selbst ein Restchen Unschuld zu ergattern, sie machten den Eindruck von zerbrochenen und völlig willenlosen Menschen. Aufsehen erregte der alte Bancal, der während des Verhörs in einen Weinkrampf fiel und sich dann, seine Unschuld beteuernd, wie ein Rasender gebärdete. Der bucklige Missonier grinste, wenn von seiner Anwesenheit beim Mord die Rede war; er war vertiert durch die lange Gefangenschaft und das viele Verhörtwerden. Die kleine Magdalena Bancal benahm sich komödiantisch und grüßte mit Handküssen ihre Bekannten und Gönner, die unter den Zuhörern saßen. Rose Feral wurde beim Anblick der blutigen Lumpen, die auf dem Tisch des Richters lagen, totenbleich und vermochte nichts zu reden. Frau Bancal erinnerte sich, daß Monsieur Fualdes von sechs Männern in ihr Haus geschleppt worden war, daß er einige Schriften habe unterzeichnen müssen, der Länge und Quere nach, wie sie sagte. Am Tage darauf habe sie einen dieser Wechsel, auf Stempelpapier, gefunden, habe ihn aber, weil er mit Blut befleckt gewesen, verbrannt. Mehr wollte sie durchaus nicht bekennen, setzte allen Fragen ein stumpfsinniges Schweigen entgegen und äußerte schließlich, was sie noch wisse, wolle sie nur ihrem Beichtvater anvertrauen.

Die Zeugen bekundeten das Unglaublichste mit Seelenruhe. Ihr Gedächtnis war so stark, daß sie sich der geringfügigsten Dinge, die man von einem zum andern Tag vergißt, auf Stunde und Minute entsannen. In Nacht und Nebel hatten sie Menschen gesehen und erkannt, ihre Gesichtszüge, ihre Gebärden, die Farbe ihrer Kleider. Sie hatten Reden, Flüstern, Seufzen durch dicke Mauern hindurch gehört. Ein Bettler namens Laville, der in Missoniers Stall zu schlafen pflegte, hatte nicht nur die Orgelspieler und Lärm und Schreien vernommen, sondern er hatte auch gehört, daß vier Leute mit einer Last gingen; etwa wie Männer, welche ein Faß schleppen. Bastide Grammont lachte oft bei Aussagen, die er für unverschämte Lügen erklärte. Als die Bancal anfing zu gestehen, sagte er, da es so spät vor sich gegangen, habe er erwartet, daß das alte Weib noch mit mehr Umständen niederkommen werde. Einer anderen Zeugin hielt er bebend vor, wie des Himmels Hand schwer auf ihr laste und gemahnte sie an den fürchterlichen Tod ihres Kindes. Er glich einem Fechter, der gegen den Nebel ficht; niemand stand ihm eigentlich Rede, er war allein, die Widersprüche, die er nachzuweisen glaubte, blieben eben Widersprüche. Zuerst schien er zuversichtlich, bewahrte seine Haltung, blickte den Zeugen fest ins Gesicht, dann war es, als schwinde ihm der Sinn für die Bedeutung der Worte, nicht nur seiner eigenen, sondern aller Worte der Welt, oder als verliere er den Boden unter den Füßen und falle unaufhaltsam von Raum zu Raum ins grauenvoll End-und Grenzenlose hinab. Er begriff nicht mehr; er fragte sich entsetzt, ob dies noch Leben sei, noch Leben heißen dürfe, der herrliche Bau der Natur schien ihm verwüstet wie eine vom Sturm geborstene Mauer, der redende Mund all dieser Leute dünkte ihn nichts andres als ein in widerlichen Krämpfen auf-und zuklappender Schlund, sein Geist öffnete sich der Finsternis, Scham durchflammte ihn, er schämte sich im Gefühl des namenlosen Gottes und er schämte sich, daß sein Körper so gestaltet war wie der dieser Geschöpfe rings um ihn. Er hatte die Welt geliebt, er hatte einst die Menschen geliebt, jetzt schämte er sich dessen. Ihn schmerzte, daß er jemals Hoffnungen gehegt, daß er sein Herz mit Versprechungen hingehalten, daß Himmel und Sonne ihm einen frohen Blick, Scherzworte ihm ein Lächeln hatten entlocken können, er wünschte wie der Stein am Weg sein Inneres nie verraten zu haben, um nicht Schicksalszeuge sein zu müssen vor dem eigenen gebrandmarkten, gepeitschten und unerhört erniedrigten Selbst. Schon das Denken erschien ihm Schmach, um wie viel mehr erst das, was er hätte sagen können; es war nichts, war weniger als der Atem. Worauf sich stützen? worauf harren? Sie glauben nicht, nicht einmal den Hohn, nicht einmal das Schweigen. Und Bastide schloß sich zu und blickte dem Tod ins aufdämmernde Antlitz.

Es war schon gegen Abend, als endlich die Kronzeugin, Madame Mirabel, in den Saal gerufen wurde, und die ganze schon ermüdete Versammlung zuckte auf wie ein einziger Körper. Sie kam, und trotz der schwülen Luft, die den Raum erfüllte, schien sie zu frösteln. Als sie den Eid ablegte, zitterte sie sichtbar. Herr von Enjalran forderte sie auf, der Wahrheit gemäß zu berichten. Mit fremder, gleichmäßig matter Stimme, doch ziemlich hastig redend, gab sie dieselbe Aussage ab wie vor dem Untersuchungsrichter. Im Saal herrschte eine beängstigende Stille und infolgedessen wurde ihre Stimme immer leiser. Sie wußte jetzt eine Menge Einzelheiten, hatte das lange Messer auf dem Tisch liegen sehen, hatte gesehen, wie Bancal und Colard eine hölzerne Wanne hereintrugen und daß der Advokat Fualdes währenddessen neben der Lampe saß und mit tiefgebeugten Schultern schrieb. Sie hatte auch den geheimnisvollen Fremdling mit dem Stelzfuß gesehen und hatte beobachtet, daß Bach und Bousquier ein großes weißes Laken entfalteten. Auf die Frage, weshalb sie in Männerkleidern gekommen sei, gab sie keine Antwort. Und als sie dann flüsternd, mit zusammengekrampften Fingern, den Kopf geduckt, den mageren Rumpf etwas vorgebeugt, wie unter den Krallen eines Tieres sich kaum merkbar windend und doch mit jenem selig-süßen Lächeln, das ihrem Gesicht einen Ausdruck stiller Raserei gab, erzählte, wie Bastide sie im dunklen Nebenraum umarmt und geküßt habe, da sprang dieser plötzlich auf, schlug verzweifelnd die Hände zusammen und eilte ein paar Schritte vorwärts, bis er neben Clarissa stand. Alle hörten, wie schwer sein Atem ging.

Der Vorsitzende verwies ihm sein Benehmen, das er als unzart bezeichnete, Bastide aber rief mit starker, schmetternder Stimme aus: »Vor Gott, der mich hört und richten wird, erkläre ich, daß dies alles grauenhafte Lügen sind. Ich habe niemals dies Weib mit einem Finger berührt, noch mit Augen gesehen.«

Clarissa wurde weiß wie Kalk. Ihr war als höre sie jetzt erst das Klirren des zerbrochenen Spiegels, den sie nach dem Tanz zu Boden geworfen. Als der Generalprokurator sie aufforderte, fortzufahren, schwieg sie; ihre Augen verdrehten sich und der ganze Leib schauderte konvulsivisch.

»Sprechen Sie doch!« rief ihr Bastide Grammont zu, und die Empörung erstickte fast seine Stimme, »sprechen Sie! Ihr Schweigen ist noch verderblicher für mich als alle Lügen.«

Da schlug Clarissa die Augen zu ihm auf und fragte wunderlich bewegt: »Kennen Sie mich wirklich nicht, Bastide?«

»Nein! nein! nein!« brach dieser aus und nach oben blickend, stöhnte er qualvoll: »Sie ist eine Närrin.«

Innerhalb einer Sekunde wurde Clarissa glühendrot und wieder totenbleich. Und indem sie sich abermals zu Bastide wandte, sagte sie mit furchtbarem Ton des Vorwurfs: »O Mörder!«

Das Publikum applaudierte. Endlich war das Wort der Wahrheit gesprochen. Doch Clarissa wankte, ein Gerichtsdiener sprang herbei und fing sie in seinen Armen auf, mehrere Damen verließen ihre Plätze und bemühten sich um sie, und es dauerte eine halbe Stunde, bis sie wieder zu Bewußtsein kam; sie bot aber einen so veränderten Anblick, als sei sie plötzlich um zwanzig Jahre gealtert. Herr von Enjalran suchte das Verhör fortzusetzen, doch sie antwortete nur in halben Worten: sie wisse nicht; es sei möglich; sie wolle nicht widersprechen. Bastide Grammont hatte sich wieder auf der Anklagebank niedergelassen; auf seinem Antlitz malte sich unermeßliche Trauer und Bestürzung. Sein Verteidiger bat Clarissa, da sie doch nun einmal gesprochen, so solle sie weiterreden. »Ich beschwöre Sie, Madame, seien Sie deutlich«, sagte er, »von Ihnen hängt es ab, einen Unschuldigen zu retten oder ihn aufs Blutgerüst zu bringen.« Clarissa schwieg, als höre sie nicht; in ihrem Herzen wogte, wie Morgennebel über dem Wasser, ein tröstliches und bestrickendes Bild. Nun wandte sich der Rat Pinaud mit strenger Mahnung an sie; sie möge nicht glauben, daß sie ihre Aussagen nach Gutdünken machen und verschweigen könne, was sie wolle; aber darauf nahm der Prokurator für sie das Wort und sagte, man wisse, warum sie schweige, sie habe ja selbst versichert, daß sie eine Überzeugung habe, deren Gründe sie nicht darlegen könne, man möge zufrieden sein, daß man aus ihrem Munde das Wichtigste gehört habe, ja er erklärte sogar jedes weitere Drängen sei unschicklich. Er war noch nicht zu Ende mit seiner Rede, als ihn Clarissa unterbrach; sie erhob den rechten Arm und sagte feierlich beteuernd: »Ich habe keinen Eid geschworen.«

Bastide Grammont schaute empor. Er entriß sich seiner Betäubung, stand schwerfällig auf und begann mit ruhiger, doch um so mehr ergreifender Stimme: »Die Mauern der Kerker sprechen nicht. Einst aber werden sie dennoch reden und sie werden die angezettelten Heimlichkeiten mit Namen nennen, die man angewendet hat, um all diese Elenden zu zwingen, aus der Lüge die schimpfliche Schutzwehr ihres Lebens zu machen. Fualdes war nicht mein Feind, er war nur mein Gläubiger. Wenn Habsucht einen sonst anständigen und mäßigen Mann irregeleitet, wenn sie meinen Arm bewaffnet hätte, so hätte ich ihn doch nimmer gegen einen wehrlosen Greis erhoben. Wollt ihr ein Opfer haben, so nehmt mich; ich bin bereit, aber vermengt mein Schicksal nicht mit dem dieser Brut. Meine Familie, die stets auf dem Land lebte und die Sitte und Einfachheit des Landlebens übte, ist entehrt. Meine Mutter weint und erliegt. Urteilt, ob ich, in dieses Meer von Unglück gestürzt, noch Liebe zum Leben haben kann. Ich liebte einst die Freiheit, ich liebte die Tiere, das Wasser, den Himmel, die Luft und die Früchte der Bäume; jetzt aber bin ich geschändet und läge noch eine Zukunft vor mir, sie wäre klebrig von

Schande und die Zeit schmeckte mir übel. Ist es ein Gericht, vor das man mich gestellt hat? Nein, es ist eine Treibjagd, der Richter ist zum Jäger geworden und richtet den Schuldlosen her zu einem Braten für den Pöbel. Ich verlange keine Gerechtigkeit mehr; es ist zu spät, mir Gerechtigkeit widerfahren zu lassen, zu spät, und wenn man mir die Krone Frankreichs anböte. Ich gebe mich euch zur Vernichtung dar, euer Gewissen soll mit dieser Bürde beladen sein, ein Schuldiger macht tausend und eure Kindeskinder werden noch dafür die lebendige Erde mit Schmach überfluten.«

Lähmende Stille folgte diesen Worten. Plötzlich aber brach ein unbeschreiblicher Tumult aus. Zuhörer und Geschworene erhoben sich, ballten die Fäuste gegen Bastide Grammont, schrieen und heulten durcheinander und Herrn von Enjalrans donnernde Mahnung verhallte ungehört. Und ebenso plötzlich entstand wieder eine Totenstille. Ein matter, langgezogener Schrei, der sich im Getöse erhoben hatte und nun klagend weitertönte, machte die Gesichter versteinern. Aller Augen richteten sich auf Clarissa. Sie fühlte die Blicke auf sich herabstürzen wie Balken eines zusammenbrechenden Gebäudes.

Ihr Herz war von ungeheurem Sühnewunsch wie verbrannt....

Die Rede des öffentlichen Anklägers sammelte noch einmal die Waffen des Hasses, welche die Fama gegen ihre Opfer geschmiedet; mit abgefeimter Kunst verstand er die Mordnacht in solchen Farben zu malen, daß das Grauen wie zum ersten Mal lebendig wurde. Der Verteidiger Bastides dagegen genügte sich an hochtrabenden Phrasen; ihm wurde warm, die Hörer ließ er kalt. Während er sprach, entstand ein Schieben und Drängen im Hintergrund; einige Damen kreischten, ein mittelgroßer schwarzer Hund lief durch eine Öffnung der Schranken, schaute sich mit glitzernden Augen um und kauerte sich vor den Füßen Bastides kurz aufbellend nieder. Dieser legte in tiefer Bewegung die Hand auf den Hals des Tieres und wehrte den Huissier gebieterisch ab, der es entfernen wollte.

Als der Gerichtshof sich zur Beratung zurückzog, wagte niemand laut zu sprechen. Irgendein Frauenzimmer schluchzte und man verwies sie zur Ruhe; es war die Dirne Benoit, Colards Geliebte. Sie hatte den armseligen Menschen bei den Schultern umschlungen und das in Tränen gebadete Gesicht drückte kein andres Verlangen aus, als sein Schicksal zu teilen. Ein Verwandter Bastides trat zu diesem, um mit ihm zu sprechen; Bastides schüttelte den Kopf und sah den Mann nicht einmal an. Etwas Schlaftrunkenes war in seinen Zügen, jedenfalls hatten Worte kein Gewicht mehr in seinen Ohren. Doch geschah es, daß seine Augen sich noch einmal erhoben und, nachdem sie unermessene Fernen durchlaufen hatten, denen Clarissas begegneten. Da schien ihm das fremde Weib nicht mehr so fremd. Er hörte wieder den Ton ihrer Stimme, als sie ihn Mörder genannt hatte; war es nicht vielmehr ein Hilferuf als eine Beschuldigung gewesen? und dieser flehentliche Blick, als hätten unsichtbare Fäuste sie am Hals gewürgt? und diese zarteste Gestalt, so seltsam alterslos, zitternd wie ein junger Birkenbaum im Herbst?

Zwei einsame Schiffbrüchige werden durch den unterirdischen Meeresstrom in ein und dieselbe Bahn getrieben, jeder von einer andern Welt, diesseits und jenseits des Meeres, nicht imstande das Brett zu verlassen, woran ihr Dasein hängt, nicht einmal imstande sich die Hand zu reichen, bloß hingetrieben vom allmählich erschöpften Wind zu unbekannten Tiefen. Es liegt etwas Geisterhaftes in dem Erbarmen des einen für den andern. Doch Bastides schmerzliches und finsteres Erstaunen gärte wieder in den Rausch und Traum der Müdigkeit hinüber und die aufmerksamen Augen seines Hundes erschienen ihm wie zwei rötliche Sterne zwischen schwarzen Baumkronen. Er vernahm das Todesurteil, als der Gerichtshof zurückkehrte; er war aufgestanden und lauschte den Worten des Präsidenten; es klang, als ob Regenwasser auf mürbe Blätter plätscherte. Er hörte sich selbst etwas sagen, aber was es war, wußte er kaum. Viele Gesichter sah er in ungenügender Beleuchtung gegen sich gewandt, sie machten ihm den Eindruck wurmstichiger und verwesender Äpfel.

Das Verdikt gegen die übrigen Angeklagten sollte erst am folgenden Tag verkündigt werden. Die Menschenmenge im Saal, in den Gängen und auf der Straße verlief sich langsam. Als Clarissa durch den Korridor schritt, wich alles scheu zur Seite.

Sie hatte in Erfahrung gebracht, daß Bastide nicht nach Rhodez zurückgeführt würde, sondern im Gefängnis von Alby bleibe. Darauf schickte sie den Wagen fort, der auf sie wartete, und begab sich in ein nahegelegenes Gasthaus, wo sie ein Zimmer forderte und einen Brief an ihren Vater schrieb, ein paar fieberdurchwühlte Sätze: »Ich weiß nicht mehr was Wahrheit ist und was Lüge; Bastide ist unschuldig, und ich habe ihn vernichtet, während mein Wille zu ihm stand; Ja und Nein sind in meiner Brust wie zwei gestorbene Flammen; würde ich dorthin zurückkehren, woher ich kam, ich würde einen beständigen Tod erleiden, darum und weil so die Menschen leben wie sie leben, gehe ich dorthin wohin ich muß.« Es war schon Mitternacht vorüber, trotzdem begehrte sie den Wirt zu sprechen. Sie bat ihn, den Brief am nächsten Morgen durch einen sicheren Boten nach Schloß Perrié zu senden, dann ersuchte sie den verdutzten Mann, ihr ein Körbchen frischer Früchte zu verkaufen. Der Wirt bedauerte höflich, er habe nichts mehr in der Kammer. Leidenschaftlich drängend, bot sie den zehn-und zwanzigfachen Preis und warf ein Goldstück auf den Tisch. »Es ist für einen Sterbenden«, sagte sie, »alles hängt davon ab.« Der Mann betrachtete ängstlich das bleich-leuchtende Antlitz der vornehmen Dame und überlegte, erklärte endlich seinen Nachbar aufwecken zu wollen und hieß Clarissa warten. Als sie allein war, kniete sie vor dem Bett nieder, wühlte die Stirn in die Kissen und weinte. Nach einer halben Stunde kam der Wirt zurück und brachte einen Korb voll Birnen, Trauben, Granatäpfel und Pfirsichen. Kopfschüttelnd sah er der Davoneilenden nach und hielt den verschlossenen Brief, den er besorgen sollte, neugierig gegen das Licht.

Die Straßen waren öde und von verdämmertem Mondschein erfüllt. Die kleinen Fenster kleiner Häuser blinzelten verschlafen; unter einem Torweg stand der Nachtwächter mit der Hellebarde und murmelte wie ein Betrunkener. Vor dem niedrigen Gefängnisbau war ein freier Platz; Clarissa setzte sich auf eine Steinbank und da nebenan ein Brunnen rann und sie Durst hatte, trank sie sich satt. Die sanftgeschwellten Ränder der unfernen Hügel flossen kaum merklich in den Himmel über und hinter einer Talsenkung lohte Feuerschein, auch glaubte sie bei gespanntem Horchen Glockenläuten zu hören. So schlief doch nicht die ganze Welt und sie durfte das bange Herz noch einmal an Menschendinge binden. Nach einer Weile erhob sie sich, schritt zu dem Gebäude, stellte den Fruchtkorb auf die Erde und pochte mit dem Türklopfer ans Tor. Es dauerte lange, bis der Pförtner erschien und unwirsch nach ihrem Begehr fragte. »Ich muß Bastide Grammont sprechen«, erklärte sie. Der Mensch machte ein Gesicht, als habe ihn eine Wahnsinnige überfallen, knurrte drohend und wollte das Tor wieder zuschlagen. Clarissa packte mit der einen Hand seinen Arm, mit der andern riß sie die Diamantagraffe von der Brust. »Da, da, da!« stammelte sie. Der Alte hob seine Laterne ein wenig und besah sich das blitzende Schmuckstück von allen Seiten. Clarissa mißverstand seine schmunzelnd-furchtsame Freude, dachte, es sei ihm nicht genug und gab ihm noch ihre Börse. »Was ist in dem Korb?« erkundigte er sich in devotem Mißtrauen. Sie zeigte ihm, was darinnen war. Da gab er sich zufrieden, dachte, es sei wohl die Maitresse des Verurteilten, und nachdem er die Tür zugeschlossen, ging er voran. Sie schritten ein paar Stufen hinab, dann durch einen schmalen Gang. »Wie lange wollen Sie drinnen bleiben?« forschte der Wärter, als sie vor einer eisernen Türe standen. Clarissa schöpfte tief Atem und erwiderte flüsternd, sie werde dreimal gegen die Türe klopfen. Der Alte nickte, sagte, er wolle oben auf der Treppe warten, sperrte vorsichtig auf, reichte der Frau seine Laterne und schloß hinter ihr zu.

Drinnen hielt sich Clarissa an der Mauer fest und schloß die Augen, um zu warten, bis sich ihre rasenden Pulse beruhigt hatten. Es schien ein mäßig großer, nicht ganz unwohnlicher Raum. Bastide lag auf einem Strohsack an der gegenüberliegenden Wand; er schlief in seinen Kleidern. Welche Stille! dachte Clarissa schaudernd und schlich nun auf den Fußspitzen bis zum Lager des Schlafenden. Welche Stille auch in diesem Antlitz, welch ein schöner Schlummer, dachte sie, und ihre Lippen öffneten sich in lautlosem Schmerz. Sie stellte die Laterne so auf den Boden, daß der Schein sein Gesicht traf, dann kniete sie hin und lauschte den festen Atemzügen. Bastides Mund war ernst geschlossen, die Lider vibrierten nicht, ein Zeichen von Traumlosigkeit; der lange Bart umkränzte Wangen und Kinn wie braunes Buschwerk, der ganze Kopf war etwas hintüber gesunken und die Haare glänzten feucht. Allmählich strömte der Frieden seines

Antlitzes auch auf Clarissa über, alle Worte, alle Zeichen, die sie mit hereingetragen, schwanden hin, sie beschloß, nichts weiter zu tun, als ihr Geschenk an sein Lager zu stellen und sich zu entfernen. Sie leerte also den Korb und erschrak jedesmal und wartete, wenn nur ein Sandkorn unter ihren Füßen knackte. Als sie nun alle Früchte ausgelegt und jede einzelne wie ein lebendiges Geschöpf in ihrer Hand zärtlich befühlt hatte, ward ihr immer ruhiger und leichter zu Sinn, sie spürte sich dem Tode schon so wunderbar hingegeben, daß sie den Gedanken, diesen Raum verlassen zu müssen, fast mit Schrecken abwies und sich mit gefaßter Sicherheit anschickte zu tun, was sie tief erfüllte. Es entstand das Verlangen in ihr, den schlafenden Bastide zu küssen und sie beugte sich auch über ihn, doch eine gebieterische Ehrfurcht hielt sie ab, mehr noch als die Angst, er könne erwachen. Ihr Körper krampfte sich zusammen, sie umarmte ihn im Geiste und schien losgelöst von der Erde wie eine Perle, die aus einem Ring gefallen ist. Darauf erhob sie sich leise, ging auf den Fußspitzen auf die andere Seite des Raums, legte sich hin, nahm ein kleines Federmesser aus der Tasche und schnitt sich an beiden Handgelenken mit tiefen Schnitten die Adern auf. Innerhalb einer Viertelstunde seufzte sie noch zweimal und die Hand des Todes suchte vergeblich das trunkensüße Lächeln von ihren erblaßten Lippen zu wischen.

Bastide schlief noch eine Weile in seiner abgründigen Tiefe hin, Glieder und Geist von einem Allvergessen gefesselt und betäubt. Dann begann er zu träumen. Er befand sich in einem großen, abgeschlossenen Raum, in dessen Mitte eine kostbar gedeckte Tafel stand. Es saßen viele Menschen da; sie zechten und unterhielten sich fröhlich. Auf einmal starrten alle nach der Mitte der Tafel, wo ein Gefäß aus undurchsichtigem blauem Glase stand, das vorher nicht dagewesen war. Was ist in dem Glase? was mag es bedeuten? wer hat es gebracht? fragten dunkle Stimmen. Darauf trat ein grauenhaftes Schweigen ein; die vielen Augen starrten bald auf das blaue Gefäß, bald in düsterm Argwohn gegeneinander. Plötzlich erhoben sich die vorher so heitern Zecher und einer beschuldigte den andern, die verdeckte Schale auf den Tisch gestellt zu haben. Es entstand ein heftiges Geschrei, manche zogen ihre Dolche, andere schwangen Stühle und währenddessen wuchs aus dem Gefäß heraus ein magerer nackter Mädchenleib wie weißer Rauch. Das Gesicht war Bastide bekannt, es war das der Lügnerin Clarissa; mit schlangenhaft flimmernden Augen sah sie ihn an, immer nur ihn. Alle Männer folgten dem Blick und stürzten über ihn her. Du mußt sterben! du mußt sterben! schallte es aus heiseren Kehlen, aber indes sie noch schrien, verhallten schon ihre Stimmen, die nebelhaften Arme der Lügnerin streckten sich aus, zerteilten eine Wand und man konnte in einen blühenden Garten sehen, in dessen Mitte ein Schafott stand, behangen mit Zweigen voll reifer Früchte. Bastide war zum Knaben geworden; langsam schritt er hinaus, die Hände Clarissas schwebten über ihm und pflückten die Früchte ab und seine Todesfurcht wurde besänftigt von dem berauschenden Geruch dieser Früchte, der wie eine Wolke den ganzen Saal, ja den ganzen Weltraum erfüllte.

Da erwachte er. Sein erster schlafbefangener Blick fiel auf das flackernde Licht der Laterne, der zweite auf eine riesige Birne, die gelb wie ein kleiner Mond neben seinem Bette lag. In dumpfbeglücktem Erstaunen griff er darnach, aber indem er sie zum Mund führte, gewahrte er, daß Blut daran klebte. Er schrak empor, noch wähnte er zu träumen. Vor den Fenstern wogte schon das Grau der Morgendämmerung. Nun gewahrte er die übrigen Früchte, eine Pracht und Fülle, als wäre das Paradies geplündert worden. Doch klebte auch in ihnen Blut... . Ein kleiner zweigeteilter Blutbach rieselte von der Mauerecke herüber.

Und Bastide sah...

Er wollte aufstehen, allein der unvollendete Schlaf lähmte noch seinen Körper.

Bitterer und wilder Kummer umklammerte ihm die Brust. Ihn gelüstete nicht mehr nach dem Tag, der sich draußen so müd erhob; der Schläge seines eigenen Herzens satt und voll Gewißheit dessen was geschehen war und geschehen mußte, sehnte er das endliche Ende herbei, begehrte keine besondere Kunde mehr von dem vollbrachten Schicksal drüben an der andern Wand des Kerkers, das, von dunklen Gewalten befehligt, sich auf seinen Weg gedrängt hatte, keine Kunde mehr von den Menschen und dem was sie bauten oder zerstörten. Ein Greuel war ihm der Mensch.

Und dennoch, als sein Blick wieder auf die herrlichen Früchte fiel, da jammerte ihn die Kreatur; er wollte der Bringerin wenigstens die Augen zudrücken. Aber jetzt drehte der argwöhnisch gewordene Wächter draußen den Schlüssel im Schloß.